宋·衛宗武 撰

秋聲集

中國書店

詳校官編修臣祁韻士

臣紀昀覆勘

欽定四庫全書　集部四

提要　別集類三南宋

秋聲集六卷

臣等謹案秋聲集六卷宋衛宗武撰宗武字淇父自號九山華亭人淳祐間歷官尚書郎出知常州罷歸閒居三十餘載以詩文自娱据至元甲午張之翰所作集序稱九山墓宿草已六白則宗武實卒於至元二十六年已

丑在宋亡後十年故焦竑國史經籍志載秋聲集八卷列入元人然宗武實未仕元仍當從陶潛書晉例也集久失傳今從永樂大典中採輯編次得詩詞四卷序記誌銘一卷雜著一卷以畧存其概華亭衛氏自禮部侍郎膚敏後資政殿學士涇直寶謨閣湜兄弟相繼以學術著宗武世系雖無考而張之翰序稱為喬木世臣後則當為涇湜之裔文采風

流不失故家遺範有自來矣其詩文根柢差薄骨格亦未堅緻蓋末造風會之所趨其事與國運相隨非作者所能自主至於咏荀彧一詩稱其徒抱忠貞遺恨千古其學識亦有所未逮然核其全集大都氣韻冲澹有蕭然自得之趣蓋胸襟既别神致自殊品究在江湖諸集上且眷懷故國匿跡窮居其志節深有足取而宋遺民録諸書乃竟脫漏其姓名録

存是集以發潛德之光亦足見
聖朝表章幽隱砥礪風教之義也乾隆四十六年三月
恭校上
總纂官臣紀昀臣陸錫熊臣孫士毅
總校官臣陸費墀

原序

始余為行臺御史道松江會九山衛公洎其子謙纔一杯而别後十年來牧是郡訪九山墓宿草已六白矣謙出公秋聲集求序許而未作又旬歲屬者暇愈少請愈力因思古之騷人多寓意秋聲中由宋玉九辨而下如李太白有紫極宫何處聞秋聲詩劉禹錫歐陽永叔有秋聲賦率皆悲時之易失嗟老之將至狀其凄清蕭瑟而已今九山之集取名雖同而實又有所不同者昔在

淳祐間公起喬木世臣後班省闥鎮藩輔無施不可此時不獨無此作亦未嘗有此聲也及時移物換以故俟退處于家不求聞達舍大篇短章何以自遣蓋心非言不宣言非聲不傳是知聲之秋即心之秋心之秋即江山之秋江山之秋即天地之秋也聲無窮秋亦無窮彼觀是集讀是序見山谷所云末世詩似候蟲聲便為誠然正所謂癡人前不得說夢豈真知公者乎九原有靈或聞斯言公諱宗武字淇父官至朝請大夫九山其自

號云至元甲午重九日張之翰序

自序

鴻濛既判三才既奠斯文肇焉象緯森布雲漢昭回形而上者為天之文山川峙流草木華實形而下者為地之文乾苞呈河坤符出洛聖作明述而化成天下者皆人之文秀而為士縣方寸精微發為辭演為章又所以題拂乎天地人之文者也學以本之識以充之才以融之索之浩浩冥冥出無涯而入無淪其思也噓為風霆震厲飄蕩而嵩華若可動搖其氣也怒濤驚湍一瞬千

里斂之則恬夷淵靜其勢也擢犀拔象舉鼎盪舟而猶有餘勇其力也雪月光潔雲煙綿聯疊嶂層巖衔奇競秀其標度也若夫鵬運而無跡龍化而莫名毫端膚寸可使上宇下宙庶類百為被其光采膏潤此則至精入神不可規尋之妙用也或正或奇或雅或麗或恢詭而辯博或峻潔而幽深或宏衍而雄健其體不一而大要不出於此數者善用之而造其極致則謂之藝成藝成而遠邁衆流雄峙百代登文章之籙者漢魏而下能幾

人斯而率不免或者之譏評則文之為文不其難乎然而昔之作者泯矣復有踵接者焉前之詞藻不可加矣復有軼出者焉是故何歟蓋善劊而中其肯綮斯無全牛而甘苦疾徐得心應手於輪何有文亦猶是也經之文以載道傳以明道諸子詩集皆陳義以羽翼夫道者也文而不根於道雖彫琢鍛鍊盡其工芬芳靡曼極其華亦奚取此故曰文者貫道之器也士而言幾乎道其庶矣乎夫予非能言之儔也而與世酬酢不能廢言事

物之來必假言以通其意發其義第求辭達而已非文也坡翁謂辭達則文不可勝用求物之妙了然得於心口者難於捕風則又豈果能辭達矣乎凡如此者十餘篇姑附卷末讀先聖之書業先儒之業顧弗克以一語鳴道化令而善俗垂後以行遠乃為是瑣瑣且慮其藁之淪腐而欲與吟編並傳可憐也已豈惟自憐不為識者鄙笑乎哉昔柳州病張燕公比興不能兼美而后山亦謂太史散語非其所長予何人哉而欲得兼此漢人

所謂猶賢於無所用心焉耳觀者不曰是猶愈於無所用心其不鄙笑而唾之者幾希

秋聲集卷一

宋 衛宗武 撰

五言古詩

理學

寥寥二千載道統幾欲墜濂洛暨關中浚源接洙泗乾淳諸大儒流派何以異無極而太極性命發其秘先天而後天理數稽其至四書共羣籍精微窮奥義五常與異端辨析無遺旨謂教以漸進謂功可直遂為説雖殊

科其歸同一揆踐修本誠敬講貫非口耳要在絕己私渾然循天理啟鑰以抽闢發矇而警瞶後進有所宗絕學得所繼作者茂以加百世或可俟

君道

勲華相授受謨典所具述其要在厥中精一而允執惟誠乃能精惟誠乃能一是以無黨偏是以臻正直三代所共守百世不可易伯者假仁義戰國尚詐力漢唐非無君文為事矯飾其能粹而王一指不可屈所以無善

治循襲至今日純誠而不襍惟皇斯立極斂敷錫庶民
懋建昭大德治欲往古如舍此他無術

伊周

誓征黜夏命武成有商邑惟王弗率祖冲人初嗣歷既
放奉歸亳已攝復明辟前此所未聞浮言曾罔恤二公
德動天民亦歸其德忠誠靡有他上下素孚格遂以直
道行觀聽自無惑吁嗟人不古後世幾新室

漢文帝

愷悌而愛人恭儉以持己府庫有餘財勿忍為己費田租奉公上屢至為民賜不肯私嬖臣以存大臣體不敢私貴戚以貽天下議澹乎無嗜好絕不尚功利斷刑歲數百煙火綿萬里禮樂雖未遑亦足為善治洪惟慶歷君盛德槩相類爰立俱名臣後元則無是

隋煬帝

方其為儲貳用智固已譎及夫據大器為謀抑何逆龍舟及鳳艒無歲不遊適離宮與別殿快意事淫佚置酒

燕要荒會者三十國紫舌與黃支無所不臣服親駕兩征遼方且肆窮黷羣盜遂蜂起土地日以蹙惛猶不知悟愎諫輒誅戮肘腋俄變生兵刃交于目不肖孰甚焉身亡而國覆

留侯

狙擊豈良圖命幾危博浪既受黃石書顛秦而蹶項報韓志已酬興漢畫仍贊歷陳借箸計潛消刻印患定封謀遂寢立嫡計莫尚轉危以為安其易猶反掌萬鍾誰

不懷裂土人所望何勃身亦繫韓彭國隨喪賀鴐言仙與遊高風巢許上

二疏

二君聳高致今古知敬慕勇退人所難尤得所以去貴戚舉愛弟將使噲為伍天子尚衷疑抗議非不許儻或身久留寧免與時忤鴐言盡知止翛然解印組歸來逸老壽榮辱一無累鬻金廣田宅拒絕兒輩語多財益其過富為衆怨府賢哉乎斯言奚止明出處

孔明

龍卧而長吟，胷次抱奇偉。立心不北向，特為三顧起。曹瞞下荆州，氣可吞權備。奮袂為一出，遂成鼎足勢。忠誠以輔國，相業難擬議。刑政能服人，怨仇至感涕。出師陳悃款，訓誥相表裏。南攻孟獲平，北出張郃殪。司馬亦嚴憚，甘受巾幗恥。儻使先十年，營星未殞墜。興復其可期，中原安有魏。

荀彧

曹公初見奇直以子房許制勝算無遺斃袁而誅吕意見稍有乖幾欲置鼎俎朝端存正論九錫胡不取本初固難依姦雄惡可輔初年殲德祖繼又族文舉嗜殺其如斯大夫可以去見幾奚不早一死昧所處既不為夷齊又不為伊吕徒抱忠貞心遺恨亘千古

韓延之

劉公復晉祚功成萌異志網羅欲用才剪除不附已荆州乃巨鎮肯容司馬氏家兒特小過親駕勤問罪延之

乃其客折東謂可致善乎為辭令伐君㗖人利誓與臧洪俱身殞遊九地啟緘示僚佐事人固當爾背主以從讎自昔滔滔是儻使閱此書雖死有餘愧

顔魯公

人之生也直不直匪君子一從平原歸立朝更奇偉挺挺盡孤忠蹇蹇陳正義初年忤元載晚節遇盧杞不為時宰容乃作天子使正言明順逆允儔知敬畏未幾變異生卒墮奸邪計羅浮寄遠音流傳涉疑似英烈天啓

之萬世凜生氣

知足

束髮至皓首雅意在林谷退閒十五年一官如脫梏抱關尋故步謬語不可贖投紱賦歸來幸不至迷復有田可餬飢有園可寄目有屋楞然大其中無所蓄代步跨款段課耕驅觳觫斗筲量易盈莞裘計已足慨方際時艱已幸免僇辱年豐喜薦臻我庚有新穀牀頭酒一壺架上書數束酒餘取書誦豈不勝絲竹水北與城南簪

筠列萬玉更須傚元亮剩種松與菊招邀文字侶唫哦日相屬自足了餘生此外復何欲

春懷

伊耆司化權與物何落落不見陽和敷但聞風雨惡柔緑尚含滋水紅慳破蕚動植久陵暴至仁同燾籥可使令行冬寒威肆餘虐便須轉機括曜靈俾灼爍芬芳千萬林熏爲紅紫幄庶俾競春徒薄有登臺樂

乾坤日以闢生意日以隘春風一披拂萬族競蘇快肖

翹與蠕動靡不忻圻解慶澤流光華垂榮到管蒯山木豈自冦孰翦而孰拜根榦儻有遺滋萌乃復在蒼籙溥至仁何類不昭泰人為物之靈元化忍獨外氣運何日回歲月易征邁

時來桃李妍春風乃知已時去桃李萎春華俱夢寐芳菲氣不齊一一理猶是何如松與柏無榮亦無悴浮生寄旅亭萬事若流水富貴等空花滅沒無足紀身前茍遺臭身後烏可洗我願為松栢不願為桃李長保千歲

姿盤根澗阿底

春雨

青皇初布令大塊已流濕霏霏散冲融一一成膏液駸尋夜漏分掀揚風箭疾孤燈月明眼漸覺簷花密滴瀝聲既洪淋浪勢方集清響迸源泉美澤徧原隰甘腴滋田毛浸灌融地脉蓋將兆稌黍豈但秀薺麥溪山鱗甲長卉木攢新碧化工悅萬族生意浩無極苟惟本根在孰不芽且坼未春雨非土見者自淒惻既春雨非玉聞

者何悅懌未能齊慘舒吾亦為物役英英梅粉露點點桃紅入更喜釀芳菲催花居第一

立春出郊風急有作

意行出郊垌迎春二之日不聞條風鳴但見朔風急朔風何太嚴厲物無洪纖時方尚發育豈汝當行權試與東皇說燠寒宜按節一氣鼓至和要令無夭閼（立春前數日尚覺晴和至立春乃更凜冽）我老值途窮荷鍤今為農但願五時若鼓腹歌豳風

次韻春

水行苦嚴厲萬彙喜得春解雷久忽震蟄户奮者殷根芽沐膏雨暘暉復熹晨淑氣盎原埜鼎鼎來芳辰小車度花陰遊舫浮麯塵少年爭競春外誘何紛紛老矣蠲其華寄賢而祿真多吟以為富猶恐道益貧

熙陽薰蓋壤麗景日以新婭姹花媚晝嚶嚶鳥鳴晨紛華易消歇非久淪沙塵舉世競芳菲湎若嗜飲醇豈知有至味澹然嚌道真試問金谷夫何如簞瓢人

物華來冉冉天氣宜溫溫浪浪但鳴雨浩浩常浮雲誰
知潤澤中厥有豐美存一朝日出杲絢爛赬紫羣川原
徧塗抹紛若粉黛陳芳菲出枯槁何異富易貧難并惟
樂事昔人嘗有云
方寸負奇偉自足排外紛樂哉曾子履翛然淵明巾利
欲伐其性智識由是昏盛麗悅其目夢幻何足云不如
覷文字日月從轉輪飲芳而咀華四時無非春芸芸市
朝客孰識此味真

春山

青山四時好春至尤盛麗潤澤散冲融華滋出枯悴雲根鱗甲動風柯羽旄曳羣芳間點染一碧亙經緯組繡列障陳繢畫崇屏倚嵬昂如帝尊黼黻儼衣被我老得餘暇時來領勝事穿雲度舟楫披霧縱屐履涓泉幽響生鳴鳥繁聲脆天然成妙奏人籟惡可擬息遊返靖廬紛華以靜對獨坐勘古書冥觀參物理光景猶駒馳色象亦蟬蛻至人善觀山夫豈悅浮靡懿此靜秀姿萬古

挹清致

塾樓春集次日和兒輩韻

伊耆噓至和薫播彌大地有聲沸候禽有色衒名卉麗景接川原浩萬歴歳幾于時不行樂夫人自暴棄早官徒勞人憶昔績賓戲繼忝隸部曹厠迹於朝市未幾乘漢鄣歸來從綺里誓當守衡茅不復問行李方開陶徑荒遽驚周室燬時艱慨適逢身存良自喜築廬傍山棲視家如客邸雖存蓬蓽居僅為燕雀比兹辰薄遊衍携

友忘汝爾書樓舒遠眺林芳猶蜿委麥隴連蔬畦青黃錯成綺埜色入杯圈山光浮屐底陽春艷欲流霽景浩無際獻酬樂佳賓續賡賴吾子朝來補吟事粗不忝詩禮顧余八十叟忘我亦忘世醺餘扶杖歸笑語喧童稚斯遊固已適未足窮樂意九峯葦可杭相望在尺咫憂先天下憂樂豈果在是憂樂存諸心尚堪追禊事

和野渡家園雜興

幽人非嗜石適意在嶙峋萬形何足多一卷未為貧山

奚必泰華水奚必海濱藏珠川乃媚韞玉璞足珍儻存
丘壑意可障世俗塵煙霞從此生自足怡性真

雅士酷愛竹無肉飢亦忍即之俗自祛對此酌宜引好
尚契子猷題詠邁元稹二友獨與交十客何敢並丈夫
意氣豪少年精爽緊春至長子孫班班森玉筍

誰謂野燒生惡草不須薙為蕭易成叢滋蔓或布地不
別小人儔恐昧前賢意舞茵含晴曛經帶揺輕吹拂拂
來野香萋萋動幽思坐對一庭芳煮茶消午睡

綠稠紅欲盡架竹引酴醾葳蕤晴雪艷汗漫春風枝燕鶯相見晚蜂蝶正忙時芳辰似歷塊樂事猶殘碁可憐香骨銷但有綠鬢垂春歸恨難挽浮絮盈芳池

己丣雨後春興呈吟友

一氣散冲融生意溢羣動膏澤溜涓涓物華來總總孤芳擅魁元衆卉遂賓從丹碧互鮮妍低昂相錯綜茵鋪五茸稠旆接千林聳為媒想雉驕求友悅鶯哢絲蠒富桑疇餅餌馨麥隴耕犁雨既肥荷鍤雲成㶜花間車可

乘果下馬宜鞚駿尋光景流瀟洒日月送悅情書一編舒憂琴四弄九仞功徒勞三徑步莫縱空羨蘭亭遊惟存草池夢郊原初駘蕩風塵息須洞良辰悵易逾雅志浩難控春吟料滿囊春釀香浮瓮春水玉交流春山翠如涌樂事勿復論幽尋猶可共王謝何人斯吾將繼芳躧

竹外海棠

我有三徑園今為牛馬阜傍家尋丈地昔未長荼蓼琅

玕數十挺新培歲可考幻出一庭陰咫尺成深窈客來可欵延友至或徑造于時正芳菲所欠花繚繞隅籬舊封植一種娟而好卷翠護春姿嬌紅銜天巧折來侑清尊嫣然為一笑絕勝歌舞羣聲容託幼眇久欲搆小亭為計恨不早金屋延阿嬌祗恐人易老此花擅春妍獨恨易榮槁豈若對此君四時森羽葆不惟袪塵俗端可助吟嘯良辰集朋簪杯柈慚草草於焉小徜徉即此是幽討

寓蕭塘皆春堂偶成

紅雲逐水流春事隨飛揚昔嗟節序移今苦歲月長游為蕭水遊物是人則亡西園得逍遥暫寄風雨牀欒欒荊棘中尚餘赬紫粧晚芳衒鮮妍婉娩春滿堂倚欄俯澄碧浩蕩花藕塘壽栢虬龍姿古桂鴻鴈行幽禽三五弄髣髴疑宮商林園豈不好惆悵辰匪良辰良其何時世運安有常我欲把犂鋤老此桑麻鄉却虞逺城市物怪尤披猖不如依墳壚結茅千仞岡寄玄而棲白抗志

於羲黃清泉碧嶂間殁則於斯藏

山行

携友行莫春山南復山北一川去縈紆層林互倚伏舍舟上層巔萬象咸在目埜花銜殘紅柔條曳新綠春巒潤如酥春水流如玉芳草浩無涯好鳥鳴相續老閱幾歲華看山看不足凡物各有時時去時必復顧我豈物如此生何能穀

將到雲隴

春巒如佳賓應接何敢暇我來日與對不覺迫初夏繁林湧翠霧經綜密無罅鳴鳥間啼鶯鄭音忽奏雅萋萋碧草間熢熢赬紫亞幽棲絶俗交燕坐陪僧話論事覈古今談禪悟生花新茗瀹雲濤迥勝酒新醉嘉蔬煮玉版可鄙食肉者時誦淵明詩萬慮足陶寫芳春背人去歸舟行步駕好山不可載寫入無聲畫

寄道友

憶昨君有行飄飄氣欲仙去作蘇門嘯不覺晚歲年雲

采照高秋盟言尚無愆遠音傳征鴻俄乃栖冷泉北山有埜鶴長唳聲聞天高人遊華胥豈不驚晝眠囊中實苑書香翰徒聯翩安得九靈光煜煜飛我前

自茶塢歸禾中墳庵賦

既雨俄喜晴既晴旋復雨老年困肩輿僕夫苦行路霏霏霧氣收冉冉陽明吐乾端頓收豁物象各呈露晴巒含春暉娟娟如靚女枯槁變華滋萬綠新織組澗花度幽香谷鳥試新語勝槩未易窮可挹不可取我來事幽

討惟恐商羊舞顧天衍霽期助我發吟趣歸來日未晡
一聲聞杜宇

錢竹深招泛西湖值雨即事

西湖戍久别歲月不可記竹君秩豆籩枌友集簪履放
船及中流煙靄渺無際宛類太極初混沌但一氣浩浩
雲常浮垂垂雨不止樓觀列畫圖黯淡微茫裏素粧姿
態妍於此見西子纔入西陵橋林巒得近似緩步香月
堂循山歷其趾逋仙去何之千古儼清致淋漓雨珠仙

一浴未起粲然閒紅粧臉霞淚如洗餘芳襲壺觴暗馥散襟袂十里花栁堤六橋風月地暝色壓舩舷遊屐不可至昌翔度裏湖兩山濃滴翠中有白鳥閒翩翩自遊戲幾年阻行樂謂有公閭第棟宇半蒼苔遺汙漬清泚興亡成古今感慨重歔欷轉柁邇城隄舥籌猶未既風生語笑高雲遏歌聲曳斯遊屬晏陰樂事亦足紀何時可重來風日待清美

對竹行坡詩意

爾來食無肉所喜居有竹森森舞千纛挺挺立羣玉嬋娟而鮮潤偏悅隱者目茍使清可娛何妨飽不足小人求屬厭君子肯為腹餘生復何為一事無足錄惟應對此君細把坡詩讀

賦南墅竹

物得氣之清鍾秀莫如竹是謂東南美羣植可奴僕虛心而特立勁節不回曲傍屋着數挺能洗塵萬斛截之作鳳鳴雌雄相配六殺以為汗青奚啻十年讀有體兼

有用迥異凡草木騷人互題品國風嘗紀錄予有步屐
丘殆類篔簹谷老筠依雲根錯出勝平陸矯虔相長雄
高下森立玉霏霏霧滴翠灩灩浪翻綠蟠根龍蛇走窋
葉鸞鳳戲林飈振微響環珮聲戛觸瑣碎流金輝霽曉
弄清旭熙陽發菁華婀娜舞桂蠹滋萌長雲仍一一錦
棚東火輪行長空炎敵暑方酷枕簟入幽深灑若寒露
沃秋月映嬋娟清影夜相屬歲寒交勝友南枝花倚伏
四序景無涯風月任追逐人謂小渭川我忝共淇澳邀

朋對此君豈惜醉醽醁七賢迹已遠遺響猶可續氷雪
生襟袖雲煙散毫牘秪欠與可傳寫入鵝溪幅

賦西軒竹

種竹纔一畒便有千畒勢茍能會其趣何拘尋丈地其
氣偉丈夫其德象君子瑩哉氷雪如潤與珪璋比中虛
而有容外直而不倚迥非凡植儔惟與喬松齒攬以入
吟篇引以近書几好之而樂之雅致相要似物清我亦
清相對乃無愧翛然静秀姿舉世所同嗜志趣有不侔

肝膽楚越異將以洗凡俗凡俗烏可洗綠猗喻武公金璧侈歸美蕭瑟悅宣尼食肉至忘味有之而似之氣類由默契此君如有知噲伍亦所恥苟或氷炭然雖多亦奚以

為僧賦竹泉詩

竹不可無水有水必有竹彼美槃澗阿碧鮮映澄綠漱石戛鳴球拂雲森立玉苟得一以清而況二吾足上人要心契毋但悅其目物我趣不侔亦恐難醫俗

初夏登北山

春山如佳人形色麗而秀兹來悵非時已入朱明候片紅飛不留萬緑新改舊接茵芳草漫偃蓋古木茂黛鬟臨水鏡一色淨無垢戛然鳴聲幽雅弄出禽口得閒此夷猶不覺留滯乆一葉泛澄川縈回歷農畝决渠散青秧耕夫類成偶舍舟挾短笻崎嶇度重阜埜芳氣如蘭冉冉襲襟袖逶迤窮山椒寸懷納宇宙川原浩無涯萬象皆我有滄溟杳渺間雲夢呑八九昌黎開衡雲年公登

峴首顧我凡陋資視此亦培塿雖然形氣殊與趣無異否獨嗟今昔殊人事有遷貿而我老無聞將與草木朽陜巘復降原元廬新結構伊傅不可懷松喬以為友不死非所求姑以佚吾壽

屢月不見山胷次若逼窄舉棹遠相望已漬雙眸碧即之清入神喜復遂良覿非但塵思浣頓覺餘疴失玉流浸層巒緣雲抱幽石草木去浮誇秋容淨如拭我來誰與儔一道兼一釋精廬既窈深靖宇尤邃密吟哦對青

嶂瀟洒娛白日奩香勘南華孰為寥天一
出郭望遥岑闒冗僅坏土何異龍蜿蜒或若鳳騰翥兩
岫更奇崛不肯與噲伍煙雲或凝散日月遞吞吐葱葱
氣佳哉景物此會府五茸三泖區南東淮海距帶接幾
百川盤亘千萬畝於中不着山勝槩將焉取繇兹鍾神
秀人物亦翹楚所以機雲輩落筆有奇語猶嫌氣節卑
未以勳業許何當地闢靈英賢更旁午如眉有翁季似
岳生申甫壯觀此九峯佳名昭萬古

小園避暑

六月畏酷熱簟枕依林塘古木同臭味幽鳥含宮商天孫雲錦機丹碧交薦香晴蘭泛清薰襟袂生微凉巉巉萬石間修筠間新篁羽葆列千挺灧灧浮綠光林飈一戛擊環珮聲鏗鏘披衣獨危坐意氣超羲黃豈惟熱惱除冰雪置我腸却愁林外人久苦炎威張天瓢忽傾倒旱魃宜消亡是月已火流不日占金穰時雖厭兵革人或飽稻粱此園僅如握無徑不就荒猶喜卉木存弗為

斤斧戕揚揚桂吐芬粲粲菊有芳清賞備四時花辰復青陽太平本無象嗣歲或小康於焉盍朋簪一笑傳清觴

久晴喜雨詩

日夕庚暑袢無以祛熱惱甘霆從何來雷轟電光繞埶如天潢翻滂流浹清曉六合開新宇一氣蘇羣槁涼颸散牕戶炎熇泯如掃從此協雨暘免使虞旱潦庶幾膴膴原俱歛穰穰實大東與小東民力差已耗天公匪憒

憒善應固有道未憂供百需且欲資一飽維魚行協占焚廷頌有昊

立秋喜雨

天心本至仁生意豈有息粵從書夏五甘霔絕點滴涼風自西來時送中夜濕田腹泯龜文屋角掛龍骨我稷與我黍實穎而實栗屢豐固難望一飽或可必豈惟曾孫庾如坻亦如櫛滯穗不斂穧可續窮民食但虞耗鼠雀尤恐資螟螣願滅漢民租少裕東南力

甲申過北山高祖大夫墳庵見盆芝

我祖藏北山昔嘗産紫芝庵以此得名且將二百期耳聞非目接至老心猶疑一朝地闡靈枯槁生神奇熖熖根幹間挺秀分三枝採者不善護猶惜其一遺移置盆盎中賴黄互相輝豈殊子聞韶不圖樂至斯第嗟魯獲麟所出非其時吾年已如此斯祥將奚為獨思避世士商嶺其在兹

是歲夏紫芝復生成叢大者徑七八寸

異物不易遇其出由地靈伊耆闡坤珍三秀既挺生賦形雖恨小殊喜見未曾朱明復薦祥仙種茂叢蕞小者既敷腴大者尤輪囷周遭徑盈尺菌蠢疊成層團團盤赤玉艷艷盃紫金霏煙氣葱鬱映日光晶熒神芝産家阜歲久迹已陳不圖餘七袠一再見斯今有開必有先休符不徒呈老矣百無欲弗願在其身所積顧不厚敢覬及子孫惟冀福吾宗以洎邦之人皇穹其畀矜茂毓賢與英出際風雲會為世建太平漢代歌芝房其事不

足云致君堯舜上朝埜沸頌聲復見祥蓂敷豈但朱草
榮散為天下瑞郁郁而紛紛

秋懷

秋空日澄霽秋氣日蕭瑟塞馬健嘶風候蟲悲弔夕卉
木斂華滋天地失顔色來鴻謀稻粱飛隼快搏擊人境
頓凄凉物情亦悽惻憂愁豈無端感歎繼韓筆
凉颸翦翦翳萬山縮鱗甲水鏡滓不留千尺見毛髮凄
風日以高物華寖朘削機杼軋晨霜砧杵搗寒月孤睽

不成寐耿耿至明發何處一聲秋停雲吹欲裂
往事挽不回新愁推不去秋葉既辭柯滋榮春復吐揄
年逝如流顏色寧反古展書聖賢對援琴兒女語撫時
耿予懷聊以釋百慮餘生欲何為將隨草木腐
衰質蒲柳如日夕就枯槁往夢桃李春其能幾日好志
業亦無成飄零逐衰草浮榮豈足懷妄念猶風掃陳言
亦刊落損學而促道誓當與世違山林以終老
秋至山愈奇獨不入凡目翳薈既掃除清峭如削玉剥

落千林空中有歳寒木雪霜自凝沍柯葉不改緑猶夫
古君子凛不可榮辱貞心以自持烏肯混流俗
浩浩秋水生江河若放溜翳滓一洗清山川愈明秀惟
夫沮洳區朝满夕已垢疏滌曽幾何起穢復自臭何異
賤丈夫逐利日貿貿委志合羣汚氣類不改舊
屋隅一握地歳久寖蕪穢兹晨命僕夫疏剔浄無翳洞
日增秋明彌襟挹凉氣春葩已辭榮柯葉猶蔽芾晚芳
粲黄金新篁間幽桂欲幻小池亭西風幾凄厲只今欠

一死肯作百年計

秋山

秋山抱奇姿不肯事嫵媚猶夫塵外士飄然有仙氣霜風肅宇宙林壤去菑翳皮毛剥落盡玉骨乃挺異獨存歳寒枝虬髯倚天翠我來一事無兀兀惟坐對挾策詠聖涯援琴奏流水方寸如太虚物類無點綴但欠淵明菊得酒莫與醉頼有坡仙竹無肉可忘味老懷藉陶寫俗好非所嗜平生愛山癖每見如久契勿忘丘垤如泰

華所耿視吾心與境融小大無異致行行陟其巔天地特一指忽動九辨悲清愁飛海外

山行鄉友遺五言

一雨如膏沐秋山為我容誰云泛神秀遐想猶岱宗絶無喜僅有疇列茲羣峯繚繞若仙城花但舞芙蓉幽香含桂菊積翠浮杉松生平嗜林谷不厭來輙重幾躡靈運屐屢扶張騫笻鷺朋與鷗侶足為談笑供折簡不可招欠致人中龍毫端具造化物象工陶鎔吟思方淵渟

風撓鳴淙淙佳章忽在前撩動此興濃君胡倦一出嘲詠乃不傭且勤遠致饋與客叨飱饔

北山回櫂

高風掃羣翳山色秀而静寒林隱虬龍幽徑行蛇蚓場登䆉䆛實水弄芙蓉影明發汎歸舟秋空更青迥

賞桂

駕言適東野聊以慰離索攝齊甫升堂開尊隨命酌芳鮮羅果羞珍重如宿約主客成五人爽氣溢秋嶽風生

雄辨豪吞容笑語狎曲徑行委蛇幽亭恣盤礴團團駢翠樹一一耀丹萼葳蕤花四出氤氳香徧達方恨負清賞不料此行樂有女嬌婭姹有子見頭角舉醆競屬賞此情尤不薄英英晚節叢芳意滿籬落載酒倘重來應無爽宿諾

約友秋賞

秋霖蕩殘暑林飈鳴策策乾坤灝氣浮萬象互清發望好散天葩拂拂餘芬落霽景行澄鮮三五圓素魄有園

那敢窺有友那敢約金吾不放夜狐此月華白鱸肥蟹可持棗剥稻且穫黄雞與白酒樂事正參錯胡為抱空悲常若遠行客靖節存高風黄花漸斑駁吾儕于此時何忍負杯酌東郊稱行樂鄰壤富林壑邀朋踐前盟須造子雲宅

星夕前露坐觀行雲有作

一氣有聚散變化莫能測氤氳彌太虛膚寸縣觸石翕如華蓋張紛若織纊擘緝緝鯨布鱗翩翩鳳展翼祥或

旗為黄祲或珥為赤友風而子雨俄如翻墨汁白衣與蒼狗怪狀殊不一露坐晚觀天時近雙星夕靄靄從何來於槃絢金碧突如怒濤湧屹若奇峯立巋巖盛彰施文繡爛組織良由天孫巧匪自屏翳出我不為柳州去拙有所乞我不效汾陽榮進占所得但願煥有章落筆成五色毋使若貝錦胥讒以作慝傷哉杼軸空民力弊東國安得化為繒散漫浩萬疋衣被此一方羣黎徧爾德仍須語河鼓牽牛勤負軛勉耕左角田雨作蒸民力

穰穰俱滿家庶以給冗食

為葉賓月賦

太一涵中精凝聚為夜魄皎皎行長空高圓競明發流輝大江湧散影千林刻騷人抱負奇一氣清相若有主此有賓不勞折柬約悠然來几席玉色照肝膈對之啓粲齒嘲弄不為虐纍纍噴珠璣華采互呈豁銀闕或未完要君施斧鑿乘風到廣寒一笑翻成客

和人雜詠六首

幾年抱渴深既見名副實擬為嵇阮交愧匪秦晉匹風
翮翔空冥遠避弋與畢汙世待澄清其可事一室駕言
投吾簪終為清廟瑟
窮秋菊薦香小春梅破萼時卉互芳菲榮悴異今昨憶
昔競芳妍徵逐困唫酌老去厭浮華雅志在林壑浩歌
太冲章顧赴招隱約
鐵研窮鑽研知君用心苦撐腸書五車何異羣玉府築
然以成章雲錦工織組逸氣劘屈賈餘子何足數八詠

俄頃成落筆傾風雨

世榮易消歇猶歲多旱澇又如紅紫芳焉得四時好豈若潛窮深攷古而學道葆真育其穌英華發枯槁出處明所宜慎勿為小草

矯矯鶴盤空雝雝雁鳴旭過雨沐遥岑一日浣塵俗久欲抱琴書栖霞潄澄緑劉安鷄犬仙世豈無其術一笑秋水横飛來雙白鷗

晴空擘絮雲殘雨收綫溜晨興咀落英風露入懷袖遠

水浮秋容吟墨寫難就碧山吾老友扁舟擬訪舊公肯從我游茗飲烹乳竇

再和易後韻為前韻六首

多公苦嗜吟殆類書癡竇水火燥濕同一見懽如舊七步未為敏百篇可立就咀嚼牙頰香氤氳滿襟袖渾渾乎其來勢若瓴建溜

黒不待黔烏白不待浴鵠天分既超卓能消幾學術飄飄霞外姿瞳方而髮綠滿腹貯古書咳唾可袪俗沖氣

以為和陽春散晴旭

妙語來翩翩賡句慚草草一鼓再則衰氣瘦腸亦槁詩

不造風雅可觀徒小道書能破萬卷篇章自然好淺學

無根源易涸如潢潦

西風葉滿庭欹枕聽鳴雨悽然百感生愁緒未易數思

昔詠干旌良馬素絲組今為白屋夫低頭拜官府猶喜

七十公可免差科苦

懽猶程孔交來匪張范約豈但授館粲雅與同丘壑我

圃三徑荒幾年負杯酌秋葉與春花今幸復還昨園丁
報新陽早梅紅破萼
欲絶子期絃肯鼓齊門瑟諫官不足為孰可涴少室然
當展素緼佐主為召畢志在澤斯民思與鄒軻匹難作
遯世翁江梅有佳實

題張石山出行吟卷

峩峩章甫冠飄飄凌雲氣安肯鬱鬱居乃試遠遊履風
雲負壯圖川原窮雅志愧竹憇幽深草木同臭味滄溟

浩八極呼吸入胸次物怪千萬狀參錯入吟思一篇復一篇疊疊至百紙芳菲迷目睫璀璨照牕几展玩三過讀殆類噉蔗美漸可造冲澹豈特衒巧麗章句亦何有尚辭尤尚理風行自成文止於所宜止孰之而精之循能造極致老我力已衰不復競吟事羨君年尚壯進進殊未已駸駸班前修挺挺俯時輩豈但薊北傳可使雞林至

雪晴

歲窮候嚴冱木石凍欲折寒雲盡四垂乾坤清氣發仙人唾珠玉瑣碎自天落神功忽收斂聲光隨息絕暮夜風怒號飄之動几格老夫卷書坐燈熖耿明滅爐存火已微餅罄酒莫索擁衾作龜縮毛骨冷於鐵皓色倏浮窻疑雪復疑月推枕晨啓扉金烏已赫赫桃符即換歲椒盤行送臘誰其呼滕六為我作三白

北山遇雪

天公銜天巧三見臘之時似花還未花衮衮縱横飛瀉

竹振清香壓梅迷真雞烏兎耿無光遁跡不敢馳雕鏤各成形磊塊或作堆蔽空來若塵着物明於璣武騎當此際縱獵方打圍森森紛甲刃爛爛光相輝豈若灞橋驢領此一段奇今朝積數寸回睞覺昨非比屋占農祥津津喜上眉對書明徹眼煮茗清入脾肯為袁安卧宜賦劉乂詩呼童掃松逕迎客扶桃枝

再遇雪

窮冬滯空山風雨何凄迷馮夷工剪水有技不肯施俄

於夜未分六出紛葳蕤但見草壤間疊疊生玉枝須臾
遂彌滿沓匝生四圍突兀千丈高浩無膚寸遺寒林遠
映帶一色相參差天工呈大巧幻出此段奇遂令翳薈
間瑣碎玉作姿安得借化冶烹煉如銀為勿使見晛消
有若朝露晞巨靈與夸娥負挾從我歸以此幾嵳峩森
列置八維為民除熱惱盛夏袪炎威金石可流鑠天端
無變移良宵著明蟾遶以玻琉璃四時照吟筆千古凝
清輝

所居遇雪

去年雪於臘見晛跡已滅今年天作花再白遂凝結鱗鱗甍相接爛爛銀互疊平尺雖未盈皓若布層氈洪纖歸一覆高下同至潔入夜更飄揚未久復匼匝打窗明映書堆垣厚成堞披衣起推户勇不待明發庭間數十挺葉葉如楮刻墻角南北枝艶艶疑花壓遥想幾青山幻成玉嵳嶪郊原瑞色浮穹壤和氣浹豈但疵癘消可卜豐穰協書生喜無寐但覺吻囁囁掬之滋唫觴石鐺

煮團月

北山值雪偶成

艮象涵萬有佳趣備四時此行屬寒冱喜遇臘雪飛琤琤初集霰粲粲紛葳蕤奔騰漸成陣勢作龍鳳馳森森千碧林緣飾如珠璣旋觀壓層嶺爛若銀成圍一天散和氣萬境凝清輝飛揚到朽壤臭腐為神奇問山何幻怪頃刻顏面非蒼蒼改正色皓皓浮鬚眉我來逢此瑞爽塏流肝脾對之豈徒酒而可不以詩因詩探山意春

信橫南枝

次歲雪後作

伊耆令將行玄冥車載轄玉律歲肇新一白至再白三冬望上瑞猶喜在窮臘霅然冲氣布潛可弭凶札積之近盈尺豈但宜黍麥化工尤善幻散集總奇特飛颺蕩天來龍鳳相擺擲萬殊無兩色大地總明潔初疑散花女空中碎裂帛俄成古佛居移下爛銀闕玲瓏千萬林一一如玉刻梁園曾未春紛紛徧遊蝶飛鳥迷所栖狡

兎失其穴乾坤淨無塵川原互清發我輩當此時意氣倍軒豁顧慚海上夫餒欲和旃囓濱死氣不衰挺挺抱奇節且非邁古才閉門眠自若藏器以待用内藴經濟業祇有健吟哦舍此無他說雅欲訪古梅一笑邀皓月開樽約勝踐共對此三絶夫何見晛消非久即變滅是固雪負予抑亦予負雪

冬留紫芝庵即事

玄冬適莽蒼霜宇更閴寂繫舟山下路窈窕松關入一

榻寄僧居幽雲生卧室明朝過東山千尋更矹硉丙舍尤杳深寒林互盤屈孤楓綴餘丹萬竹錯叢碧天寒鳥聲静木落山骨出飲無容獻酬坐有僧分席一盃復一盃不覺日之夕林鳥欲歸栖翩翩競翔集萬點布平田有似坡山奕此行為訪梅東尋復西覔俄見影横斜蕭然倚山壁中有第一春緘藏何太密數日我重來要見南枝白

天寒留滞山中即事

逾月留窮源不覺歲云暮緒景浸凄凉重陰方固沍芳
叢菊殫殘丹楓葉飛舞蒙茸豐草萎剥落喬木古兹來
遂幽尋所恨乏勝侶釋友間往還農父相爾汝索句課
唐吟繙經勘佛語肅肅繁霜零輝輝寒月吐夜氣消檗
燈凛威薄衣絮榾柮煨爐紅輪囷擁衾素噓呵冷欲氷
拳攣宿如露老瓦補茅柴破釜煮栗芋烹鮮遠莫致擷
蔬美可茹謂廛絶紛囂僧席劃清苦頹然撫孤蹤樂哉
忘萬慮亡何歸興動適為物忤舉手謝白雲扁舟鳴

去觿

留墓松

青青冢上木夭矯摩太虛日夜之所息雨露之所濡其來至高曾奚啻五世儲偉哉廊廟材而受斤斧屠其間鍾異質形氣與衆殊小者近十圍大者百尺軀九苞鳳可巢千載苓可斸難以刀鋸加俾與玉石俱留為龍鳳種要産駒與雛咨汝二十二結交猶朋徒共期松喬壽以衛龍虎區子孫其保之慎勿使剪除毋傚發冢儒假

辭取珠襦羣栢既就殲所存能幾餘時哉能得已涕泗而長吁

伐墓松

鬱鬱乎佳哉古松茂而秀封植難計年龍鸞相錯糾天風動清籟洞庭喧雅奏護之珠玉如期以金石久夫何從斧戕山木豈自寇衆咻謂宜然一謗固所否梯航方勤遠斬刈或恐復衆巔已成童懷璧豈吾有欲為狂瀾障無奈鑠金口幾世培梁棟一朝等薪槱壞樹其可芟

不覺毗飛溜惟思植萬本易新以補舊初如牛羊散漸見蛟虬走庶保墓域安盤錯至不朽

歲冬至唐村坟山掃松

憶昔入此山首夏接春季谷鳥正嘎嚶芬芳尤嫵媚青青交道杉森鬱亙參倚誰乎一叱咤斬艾如草薙遂令墟墓間常抱斧斤恥僅存盤澗松綽有虬龍勢矯矯千歲姿昂霄猶舞翠我來省松櫝適當谷之昧石齒咽殘流鳴族息羣喙木石縮羽鱗風霜翦菑翳豁然眼界清

如至人境外意行步崎嶇白雲生屐履林光漬欲流冉
冉濕衣袂僧來入畫圖人行絕氈毳風塵不可到心跡
兩無穢追尋得良儔清吟可相配不效互唱酬日與青
山對茲游擬暢情俄值風雨晦漸喜迫新陽天地寧久
閉屋角數點明冰花送春意

獨鶴

獨鶴來有年置彼三徑曲挈至此靖廬幽絕山林屋戛
然發長唳清亮振虛谷炳炳千歲丹不受烏兎促乘之

雖有軒頹窘筋骸束寥廓萬里心夫豈在食粟一舉窮紫清眞境可洞矚柰何剪其翅殆類驥縶足然雖啄拖恩變化乃迅速昂昂禽中仙未數昆明鵠

過茶塢子舍新塋

自閱管郭書風水好成癖維舟走雲嶠川谷幾徧歷晚年乃得此於馬擬藏骨身謀適不偶命子爲冢宅凝兒好侈大治庵如考室豁然天地寬有若混沌闢層巒猶連城一互拱揖案後三奇峯參倚而特立端然顧其

穴宛類鳳展翼又似老泉翁二季侍其側啓户儼若臨朝夕在几席回頭看新月對面賓出日鬱乎氣佳哉秀異鍾一窟神刲與鬼劃天授非人力一丘有如此萬金買難覔羊眠協夢祥牛卧兆墓域地将發秘藏人已産英特吾家顧未然貞符在種德為善斯有慶積衰由作慝素履或未純青囊惡可必要須法叡武粹如圭與璧戒之而謹之箴儆毋我忽庶或生賢貴簪紱可世及不然負此山山亦有慚色

和趙蓮輿琴

豈無五尺桐所貯徒百囊惟君匣中材古韻涵混茫高山與流水雅趣深可長古人寶清英今君豈殊揚鏘然出金石振厲如歌商毋惜一運軫氷雪置我腸

和趙蓮輿劍

豈無三尺鐵巧事犀玉粧惟君匣中藏百鍊倅步光小試鋒莫當崖石中開張會須斬姦邪煜煜神光揚未遂古佩刀公輔誇王祥斯物由天成匪但工之良

次韻酬李黄山

吾儒何所事讀書而挾策君才郄林枝靈根芳正發筆下富詞藻雲錦自天落英英光嶽氣灑灑氷雪魄中秋璧月圓宜赴廣寒約桂籍那未香天公無皂白學如禾與稲既藝宜必穫于時誤儒冠孰不嗟鑄錯篇章來聯翩有主此有客隋珠既璀璨和璞無蹐駁有文可與評有酒可與酌長吟不淹宿揵若蛇赴壑喜得羅庾儔吾鄉宜卜宅

酬鄉友惠詩

乃翁不遐遺招邀至宅里芳馨秩俎豆聲歌列紈綺壽色賁庭椿天芬郄枝桂皤皤七十叟義方嚴教子大兒書滿架心惟醉經史金朱非所樂飲食能知味篇章落咳唾葩藻振奇麗月眼老增明三讀使予起小兒暨若孫未遑試以藝具謂善吟哦抑亦工誦記庭蘭其若茲芬芳殊未既

懷南塘朱省閱

我如蟄戶居跬步不可移君有遠行役暑途方驅馳覘
知所如往謂已杭雙溪人苟懷忠信蠻貊其行之平生
玉雪襟節行所素持督運奉省檄迨今已數期故牘出
袖間數不差毫釐皓皓其可汙皎若明鑑垂堂堂大司
存肯計銖與錙往事等塵埃意者窮奸欺奸欺固莫逃
賞識必見奇豈惟憂責無可以歌嘯歸獨念行路難蘊
隆丁斯時埜有暍死夫何以當炎曦越山未易登其上
號狐狸越水不可厲其下多蛟螭鬼魅常瞰人往者來

者稀毋為巖壑娛返旆因遲遲粤從軫既東一日腸九迴桂秋俄已近數日盼歸期

謝朱南塘借已田為易陸宅山建玉宸道宇

好山未易得況此不多山靡迤八九丘遠睇猶彈丸幾載謀一區經營何其艱尺求而寸予往往人所慳丙舍西復西一岑頗攢玩其坡委蛇垂宛若縈帶盤又類立大纛轉幟風飛翻其中似掌平可為宮與壇荷君割膏腴易置為我懽斯舉昔罕聞豈但今所難得以奉帝尊

峻閣而危欄顧惟匪陶頓奚以役倕般蓋由心願欲寧恤家殫殘于茲延真侶亦足化世頑報之千鎰金感著方寸丹每嗟隸黔首孰若儕黄冠惟弗叛宣尼何妨師老聃斯宇儻落成屈致居其間玄玄五千言言推其端看生白室光相對清晝閒學道能造極何必三神巒

和葉埜渡易古銅瓶韻

此方而彼圓何異冰與炭彼工而此樸土簋眎玉瓚達人以道觀萬殊等一貫我有四耳尊自謂今之冠刻畫

盡精微光澤加璀璨流傳知幾年器不減周漢肯使居水湄敬用如始盥殆類古罍洗盆盎不可亂以好易所好在昔有公案張硯晉卿石坡老詩可按于以篤心盟豈但榮目觀緬思古之人未嘗不三歎君家螭文壺相去未能半癡兒厭家雞咄咄求互換四美欲其并片言為之贊慨然湖海襟弗以錙銖算提于響斯答不寶已所玩折簡墨未乾訂金言靡叛信云義易利殆類畊遜畔將以春容篇溢目珠璣粲捧持簪春花恨無雙玉腕

凡物各有匹以時而合散干將與莫邪蛟龍可水斷方其埋豐城雖雄元未判神光射斗牛如烈山以爨方册紀載詳晉史稽所竄一謂歸張華一謂屬雷煥變化復成偶奔逸不可絆嗟予欠義方所謂亦云謾求得既膺銘負慚尤汗涣命之謹所藏珍重勿褻翫子孫其永懐豈但目前看

為雲侶天游賦

汗漫可以期列缺可以至豈不高且遠未足詣超詣至

人悟重玄妙境此融會無聲亦無臭萬象於我備不必八柱承不必二極繫曾誠九重居儼若具乎內於焉以伴奐其樂浩無際氣凝而神化舉步六合外乘輪閬風行稅駕丹丘憩逍遥兮周流斯特跡之際混然吾太虛遊是息於是

贈潘天游

乾以健而運如轂不停息周流徧六虛升降靡差忒故能權四序而以轉萬物茲其氣之遊造化由是出一元

亘終古塵刼浩難詰人有貌以生於中具太極茍知法天行折旋而闔闢浮游潛深淵外想不内入亦解長不死壽與之為一

寄徐清溪

清溪溪上山九山山下水山水遥相望美人隔千里飛鴻來遠音老鶴喜得類望履杳無從豈或尼而止採蘭以為贈折梅以為寄芳馨匪常存懐想惡能已吾衰年幾何歳月猶川逝理奥欠折徵書囊未窮底古杭可葦

航溪流迅如駃雖爽秋菊期花時更清美

次青溪後二章為別

季世思良士如抱渴與饑䳒䳒童甫冠瑞氣浮芝眉粹然君子儒赴我同襟期凡林非鸞棲丹穴仍歸飛恨無健羽翰所至相追隨懷歸宜莫留荆州那足依

今古多紛擾宇宙彌氛埃故友晨星然往往淪劫灰幸得莫逆交子輿從子來道義本契合心跡無疑猜不徒千斛舟置此坳堂杯動靜必與俱書林日徘徊一聞驪

駒駕黯然腸九迴從今子陵臺目睫常嵬嵬

劉錦山自衡州歸復書仍貽之詩

渺渺湘水波浩浩衡山雲悠悠我之思皎皎兮美人美人不可見陵谷日遷變風塵方紛攘意者生死判鴈來信可通豈若重會逢恨無健羽翮萬里飛相從腰下黄金佩人間紫馬貴還疑衮繡身易奪丘園志鶴髪幾七旬年與君為鄰交至老彌篤恨弗時相親急流中勇退一舸歸私第俄傳尺素書讀之喜不寐願堅如蘭心共

締松菊盟毋貽林澗愧復動軒冕情皓首金石契何異園與綺昔日良友朋今為老兄弟

過秀城

舟行過鄉城憶昨又三載鶴表人或非雉堞址仍在郊郭幸苟完室廬俱可慨十年遠親友一見如有碍胡為窮紀次際此遠行邁歸來椒栢新德人年未艾

贈趙月麓之雲

乍合成乍離歲月何飄忽重來吾愈老喜復遂良覿月

麓號新改簪裳亦殊昔議論羲皇前咳唾煙霞出囊中詩一編語到不可及清圓粲珠璣雅正諧呂律新吟多感慨能使鬼神泣洗耳聽談玄有言皆造極豁然啟其蒙不覺膝欲屈一碧溼千峯吳興山水窟來辦結構資丹砂鑄仙骨魯公千載祠已仆誰復植新宇倘落成端莊厲忠直滔滔姦佞夫見使心怵惕雖為老氏徒未廢儒者術我有招隱廬亦足以棲白安能挽之留其勘先天易

送人

荆璞雖未琢須成圭璧珍嶧桐雖未弦須奏雲和音抱此材質良識真豈無人薦進居禁嚴持美以效君永為廊廟器陋彼瑚璉陳胡然久賢勞屈驥滄海濱

送林松壑

彈鋏歸來乎蹔作蘇臺客昂昂歲寒姿依然返故壑詩卷浩千萬斗大室難着徃哉掣巨鰲肯戀華亭鶴

答野渡塾賓并其子和篇

唐人尚五言秀句推椰塘復有善鳴者雞鳴傳遠商名氏幾百載郁若蘭芷香詩來破餘暑如挹風露涼芬敷富辭藻鮮碧逾叢篁鋪張几案間蔚為前修光讀之律呂諧擊拊烏聲鏘可踵翰林白未遜太史黃東屏斯文主書傳撐滿腸固宜蘇門客而有晁與張豈但如昔人風雅能補亡胷中千萬篇浩若五穀穰况復有小坡氣習遺膏粱書林惟日涉藝圃無時荒内有芳潤融外茂聲色戕篇章雖後至巖菊擅晚芳又類秋芙蕖水鏡臨

夕陽顧惟糠粃揚禀負荊棘芒嘆予以詩隱貨樂猶韓康何時天朗清共泛蘭亭觴

贈白湛冈

老窮蟄一室獨與聖賢對爾刺儻在前喜有佳士至此客可曾有良覿今乃遂夫豈燥濕同未易折柬致鄉鄰道不諆咫尺楚越異張范志苟合千里盟弗背蟠木何假容猗蘭蓋同味吟詠浩篇章口誦卷壓几湛然珠在淵晨夜光明媚譜接唐人傳句與唐人儷滿貯風月襟

迥絕煙火氣筆下戲羣鴻尤跨虞薛輩樂哉得新交風期從此契張鼓於越門聊為歲月記

即席贈太陽山圓極上人

招提幾百載其來自唐室屢此繫扁舟過門不暇入豈圖今之行招携叙舊室遂停欲歸櫂重整倦遊屐粤昔有高僧斯地曾卓錫湛然一方泉千歲停寒碧古殿倚太陽物光含慧日巍巍屋上峯森森庭下栢禪房窈且深竹樹尤靜密閒尊具濁饌領客日至夕久要亦所難

此意豈易得探囊出詩章往往名勝筆誦詩所以名極

圓而圓極

錦山自杭來詩呈鄉曲共舉月集

歲月易以邁羲娥不停旋憶昔聚嬉戲縞髮今盈顛日往而月來壯逝老至焉交情貴浹洽良辰忍棄捐簪舄要時集尊俎宜相先聞風益所無議論攻其偏急難援心勇友助勞斯宣里閭皆吾與疾苦毋吝言惠利苟可及念勿遺顛連杜門惟獨善此見恐未然良朋去七載

歸錦勞山川盟鷗思海上訪鶴來雲邉胷中五千卷筆下琳琅篇尤當會以文雅好庶不忝真率月有集舊典猶可沿洛社多尚齒尚齒則未便何如敘脩禊少長無拘攣光風獵獵長萬象皆暄妍四時有佳致陵谷縱變遷山巔或水際竹下并花前高吟吐風月逸氣噓雲煙煩襟可洗除芳景宜留連毋徒嗟百罹一笑觴互傳

贈龍虎山甘道士

袖携尺素書遠從上清至胷涵龍虎象語帶煙霞氣千

古䕫牙音掐下發其秘為鼔桃源行桃源何處是

和南塘貽林丹巖古風時丹巖館郊外

丹巖令良士南塘古當時館餐未有適義圖以助之渠

渠推轂心終莫副所思遇合各有緣天只非人為裴回

明月枝乃在海一涯一字以扳人我慚蔡子尼遂使文

字交遠邁為人師騷壇不可即比興安所施唱酬懷舊

章絢若辭藻摛細玩二君詠形神坐欲馳蹤跡有聚散

情意無盈虧非晚即簪盍寧久成訣離停雲思親友且

和淵明詩

夜坐待月次日補吟

瑶壇禮碧虛返次羽人坐引脰延月華吞吐隔翠隤衆吻盼流芳冉冉忽透過大規雖微虧猶喜鏡未破浮翳從何來掩蔽仍不果連巒一色淨清輝千里播爽塏入襟裾光明生咳唾詩翁於此時枯腸正無奈愧乏雲錦章翻然乃高卧斯辰悵有懷無語坐偷隋今夕氷輪升不吟則不可預解素娥嘲免謂翁負我

再用韻答和者

依山搆靖廬雖陋亦可坐幽林隔囂塵邐迤八九嶞時來友高士一歲知幾過埜花薰醉醒山鳥啼夢破何莫匪真詮豈謂崇小果頗喜仙侶稠可使玄風播道腴足雋永世味等薄唾谷神倘不死造物何能奈多君從我游白雲肯分卧第嗟屋宅壊殆類甑已墮内煉悵莫成服食其或可伯陽丹鼎餘刀圭分贈我

慰張石山幼子亡

無子雖可悲有子未為喜斷以釋子言莫非假合耳杜陵詠為麟瑞物能有幾昌黎謂之梟惡德乃類是無之恐無後有之亦為累苟非弗克肖曷若聽其逝顏路之亡回宣尼之喪鯉此皆長而賢痛甚于幼死夷甫雖嘗云情鍾在我輩過哀亦奚為安有復生理子夏空失明季札號知禮吾友方盛年何憂乏良嗣

秋聲集卷二

宋 衛宗武 撰

七言古詩

和友人新陽韻

生機天地寧終藏剥極復反開新陽陽明漸進陰濁散輝光萬象熏佳祥不必晷驗度合表不必風問來何方朝廷有道雨暘若滿家五穀歌穰穰占年梅映臘雪瑞回暖柳拂春晝長願君多送錦繡句為我一洗氷炭腸

陽春一曲和蓋寡娓我蕪陋匪報章獨思愁嘆接田里
安得擊壤衢遊康

為徐進士天隱賦辟穀長吟

物盈宇宙皆有窮一氣先天長浩浩榮華富貴能幾何
百歲光陰如電掃開闢由來莫幾年聖哲英雄骨俱槁
勲名蓋世文瑞時豈若玄玄窮徼妙古仙率多山澤癯
方平通經後從老伯陽隱士著參同援述宣尼辭可考
人身口腹乃大患舉世凡夫為此惱厚味腊毒尤傷生

甘旨肥醲偏害道學仙萬慮要屏除有累俱爲方寸擾
希夷辟穀功始成抱朴休糧法宜效所以丹丘諸羽人
莫不餐松茹靈草誰云不食胃徒空入道門衢此爲要
天隱良士工詞章經傳百家仍探討孰知抗志乃松喬
濁利浮榮非所好年當强仕舍壯圖勇辭館餐棲窈窱
欲仁仁至天所資道藏仙方過鴻寶衛生有藥可忘飢
不愁煮字那能飽一從易置氷玉腸不假青精顏色好
會驅乾馬及坤牛捕虎擒龍歸鼎竈易骨洗髓由此基

三島十洲輕可到從未能嘗方朔桃亦須先致安期棗世儒卷被客塵迷志在衣錦而食稻惟君高蹈出凡流見謂秋陽同皜皜

和埜渡賦雙竹松梅古風

挺然昂霄蟠澗阿彼美松者非凡槎千林遥落乃孤秀舞春楊柳徒傞傞脩然照水溪一涯彼美梅者非凡葩氷姿皎潔抱清獨漫山桃李徒繁華昔人題品信不苟每以此木配此花伊誰挈置小盆盎高標盤曲良可嗟

然雖矯揉失真性幽香貞色仍堪誇況分瑞竹與鼎立
歲寒之侶何以加竹尤挺特過二者逸鞭吐秀如蘭芽
兩枝撐出露頭角一類襹褷鬐末丫於中此更拔其萃
似覺小異如孟嘉會從尺寸達尋丈摩拂穹漢生雲霞
可親雅與書帙稱相對慎勿肉食奢君之取友莫此尚
此友寧久留君家須知調鼎待佳實豈但水影誇橫斜
須知大才作隆棟豈但古幹森虬蛇虛心勁節豈無用
寧在楚楚儀容佳為龍致雨行矣神變化轟雷掣電與

世驅姦邪

與御寓登多景樓口占立成

世稱斯樓天下奇雨餘振履此遊適埋頭旅舍氣弗蘇一見端能洗湮鬱連岡三面作襟袖洪流千里在履舄俯窺萬井若棊布前閱千帆似梭擲銀濤湧出丹碧居金焦兩山相對立羣陰解駁宿靄收放出脩眉數峯碧樓名多景名不虛似此江山何處覓凭欄一笑問波神欲舉歸帆在何日

和張石山古風約郊行

乾坤空濶幾由旬仁氣坱圠熏為春郊原萬象列綺繡

華哉規令方施行舊年與花嘗有約肯倦携筇并躡屩

近來時事與花違一任自開還自落此時何地可維舟

惟效山陰禊事修醉吟有樣猶可法隨處可留無不留

欲縱清遊先蠟屐剩擬一造芝蘭室料應紅紫尚餘芳

但媿平章無健筆折簡支郎盟在前期弔野王今幾年

或行或止若有制人不自由殊可憐轉頭點點飛紅雨

美景良辰那忍負大篇短牘重招邀起往從之其敢後但嘆戴笠與乘車昔騎紫馬今無驢榮華消歇與春盡寵辱不動心如如

和野渡為青溪賦

好士不論親與疎絕甘分少寧求餘孔程一見便傾蓋懽如故舊其非歟世多奇俊無南北平昔可曾致佳客吾鄉良友無出君二仲之交猶欠一青溪人瑞名聞揚歛氣上射牛斗光淋漓筆下走風雨其勢浩浩聲浪浪

雙鵠俱堪儕楚鶴宜與翺翔天地廓一為羈羽一同巢
羈者飛來慰寥寞人生遇合天實為遠方朋來從爾思
但親益友非損友何問新知與舊知吾儕氣臭在投合
有來館粲須延納不妨北海常開樽豈但休源乃施榻
我家有竹門可款植此不徒悅俗眼批風抹月待嘉賓
絶勝肉食供朝晚嵇吕交情雖似漆千里相過難再得
何如耆俊里社同時得親薰才學識

鶯花吟為良友作

羽族競繁聲倉庚尤善鳴喧啾百哢忽奏雅盡洗盈耳
箏竽音芬菲芳事畢木芍藥晚出於中姚魏更傾城掃
退目前頳紫色轉眼韶華便欲休恨無長繩繫春留一
春嫵媚在花鳥常恐易逐光陰流浮蕩誰家挾彈子飛
丸巧中俄催翅封姨底事苦禁持飄摇欲使無完蔕可
嗟凡卉與凡禽遂情快意何紛紛不思物惡傷其類爾
形爾氣非同羣歲購名葩不常遇日聽好音能幾度寄
與東君力遮護勿使凋零同臭腐不然辜負鶯花主

為徐太初友人陳府判賦梅居餞行

青鞋不踏孤山路辜負逋花今幾度那知别有姑射居
衆謂孤山未必如夙昔名傳尤願見渴想此仙難覿面
朋來滿口譽風神儼若眼底逢佳人枝間獨具先天易
惟有太初心嘿識雅遊擬問古航船索笑相親須有緣
閑中積歲玩風月虐甚祁寒飽霜雪此徃春浮雨露香
歸來萬玉爭輝光

墓松既夷所餘無幾方植松秧自賦

重來丙舍歲三易翠巘插空仍兀突喬林鬱蓊殲斧戕一二僅存於百億參差歷落更孤秀不假依憑而挺立宛如九老瑞唐朝又類耆英隆宋室合茲異代衆君子仙去一朝于此集千夫束手何敢向萬牛回首難容力已芟嘉植勿復論壽此佺期不朽骨稚松匝地散新秧頭角森森紛羽翼他年雨露飽沾濡滿鼻珠璣香習習會須百尺長龍身仍復層林森鳳翼作詩聊記角弓章子子孫孫永培植

和南塘詠梅

剥極大治如死灰潛陽初動生意回冲融一脉貫萬彙物有清氣拂斗魁嘉植幾世培其栽孤芳欲折猶裴回此花消得酒百杯料君恥與紅紫偎秖應兩屐磨蒼苔豪飲豈惜玉山頹醉中兩手敲復推句成不假擊鉢催青皇襟量何恢恢任教殘臘偷春來暗香明豔無纖埃俯視衆植為陪臺紛紛盆盎見古罍千花錦繡徒成堆天然不假氷玉裁歲歲為渠青眼開

過瓜洲

偉哉千里萬里流袞袞其來自巴蜀奔騰澎湃入尾閭
勢雄何啻吞百谷金焦對峙兩鼇浮千頃玻瓈浸其足
光生金碧殿閣湧氣蒸紫翠林叢沃附庸更有小陂陀
東晉詩仙卧其麓穹龜長蛇籔風雨鬼怪神奇不可觸
地靈設險莫此如此天所以限南北江山終古無變遷
世運如輪幾翻覆英雄滅没去不反人事紛輪轉相續
嗟予蟄處幾二紀殆類龜藏蝸局縮兹來雲夢氣可吞

浩蕩乾坤在吾目靴紋獵獵日流輝鬟黛蔥蔥雨初沐
沙禽雲鳥自往來浪舶風帆互征逐埜芳零落舞殘紅
汀草蒙茸漲平綠爛然宇宙一丹青絕勝鵝溪千畫幅
歸舟那得大如川載取江頭春萬斛

和陸象翁以梅配竹

駢頭始生為籜龍森然而立列羣玉琮琤有韻天籟鳴
蓊鬱成陰雲氣簇楚楚少年來自河猗猗君子瞻彼澳
其實曾致雛鵷來其枝可留棲鳳宿月香水影猶更奇

彈壓春花千萬屬羞為西子事塗抹喜作道韞淡粧束不居驛路即溪橋好傍巖腰與山腹謂宜作妃以相從雅韻幽姿俱不俗此君何以待美人翠帷重重富羅縠美人何以奉此君碎玉明珠不論斛於中更有無價香迥勝龍涎與麝馥此君挺特氣不凡美人窈窕姿尤淑執柯者友秦大夫不煩月老繩紆足且善為醪以合歡味過蒲萄及醽醁梅之所見乃不然謂恐為人所指目從來潔白不可溷每鄙仙人華蕚綠彼固無慊為丈夫

予寧屈體而雌伏不如仍作歲寒交永為貞女甘幽獨

自王園歸約諸友山行

天不憐我老且貧荒逕不可酬華春遂令東里互邀致借之雙圃娛芳辰癡雲釀雨雨旋止霽日含暉更清美花間盡晷得盤桓但費東君為料理歸來未久簷溜傾乃信造物真有情十分淑景一分在但願從此天開明一方一曲春有限芳菲未足舒老眼扁舟遠欲逐清華錦繡山川窮勝賞維此林巒地雖窄聳秀流芳亦不惡

安得良友相追隨步𨯳生香徧行樂只恐囊無賀老詩不愁屐費阮生蠟

五雲詩

千巖萬壑東南美中有一山尤秀偉伊誰衣被以佳名非霧非煙騰瑞氣有人于此曾課書出山能士為寫圖風林泉石振清響佔畢吟誦聲難模聚為胷中綫五色不補衣裳華袞黻迺作江湖漫浪遊奮藻揚葩肆吟筆文為人瑞要瑞時時不與我文奚為何如抱書還舊隱

姑頌楚橘歌商芝吾衰一字不解作平生學殖嘆荒落
為儒無用擬修玄徒想仙人五雲宅

春歸

紅飛綠膩晴晝遲木香滿架柔條披芳菲過眼能幾日
娱樂常少多憂悲東君歸計何太早四序光隂如電掃
今年花謝復明年衹使看花人易老蕭然白髮朱顔蒼
競春肯學兒童狂不如坐對歲寒木清談與客窮書囊

送龍孝梅過上海及見郊外巨室

宇宙清淑物絜齊春工告成青帝歸雲縫霧織翠萬幄尤勝紅紫芳菲菲高人出郊窮遠目一童兩屐隨所之五茸三泖在指顧收攬萬象歸詩脾袖中三尺貫牛斗斂光到處神魂悲肘間更有不傳妙禍福隱奥能前知高門懸薄奚待徃候迎紫氣爭先馳此行直須訪海若揮斥物怪搜瑮奇連鼇自可赤手取何用鈎犗五十為十洲三島不難到御風騎氣從安期願君斯遊姑少遲為我六月開南枝

和唐人惜花韻

一年最是花時好花開莫待鷓呼老有酒對花勿草草清唱美人眉淡掃一觴一詠要相當櫂船喚取黃頭郎川原紅紫相低昂載取十里春風香

新暑賦西軒竹

此君與我同襟期延致屋宅西南維涵濡雨露歲未半柯葉深茂華而滋恍疑神士萃庭宇旌旛羽蓋紛交馳非筝非竽發天籟不湍不瀨含風漪綠光到眼氷雪潑

頓令六月無炎威何須挹爽置象簟不假去熱施龍皮
挺然直節異凡植四時不改琳瑯姿脩然雅致滌萬慮
一塵不染珊瑚枝明蟾寫真銀散彩騰烏弄影金流輝
千林剥落氣愈勁更好雪壓并霜欹無山無水自幽勝
雨天霽景俱相宜方嗟此地翳草莽幻出臭腐為神奇
恨無與可圖作幛消得坡老模成詩中虛而靜有隱德
妙契獨有予心知年令七十諸妄屏久壓花本芳菲菲
締交惟汝與松栢嘯風吟月相追隨願言棲鳳同作伴

愼勿化龍隨所之武公勲業我所媿猶覬老壽幾耆頤

次韻憫雨

百穀仰雨而蕃滋乃頴乃苞乃成實鍾雲方喜高下齊大田俄報東南坼民窮至此噫亦甚無年餓死其無日佛靈猶未致涓流人力焉能施寸尺况當十室九室空可堪百里千里赤仰天無路叩彼蒼望雲自旦循至黒一歲不稔百沴生所憂豈止人艱食聲嗟氣歎方載途屈莫求伸枉莫直繇來有感則有應影響音一機端可必

時遷事改理不移今日天工豈殊昔烹羊乃雨古語云何假雷師起河伯調元贊化更有人怪魃螟蝝俱蟄跡人心既悅天意從利澤須能致甘澤油然沛然苗勃興奚用象龍施五色

賦竹深處

淇園既往不足論渭川徒多未足貴森然玉立闢幽深彌望恢恢有餘地何異東亭手親植遂使南陽日清閟綠雲障日間弗容翠濤翻空杳無涘冥冥韓林靜而秀

窈窈蔣逕深且邃洗清袢暑迴莫留截斷俗塵飛不至何須層冰置几案自然涼氣生衣袂吟弄風月騷人徒伯季松梅歲寒味於斯二仲可論交誰為六逸宜邀致何時徒步許直造着我其間同一醉祗恐君疑庾亮來角巾豈免還私第

宣妙墳院古栢

古來喬木產墓宅新甫之儔匪凡質風梳雨沐三百年聳壑昂霄過千尺孤標屹立獨擎天繁柯偏重常傾日

蒼皮剝落節理堅挺挺長虬初蜕骨我來屢見此崛奇
摩挲老眼增雙碧吁嗟松檟幾遷易拱者芟夷新者茁
青青惟此貫四時物換人非飽更歷栽培意有天地根
不然守護資神物須知碩果不徒存天佑吾宗當默識
公侯復始此其符衮衮人英須輩出偉才未許萬牛挽
香葉擬留孤鳳集千秋要與此山存世世宗盟共封植

和新篁韻

竹君清絕潤於玉譜牒出自淇之澳移根分種置吾廬

纔隔樊墻即家塾塾之所有無非書師友摛文剪其蕪

此君皃郎趣亦雅駢頭相過紛鋪舒鮮鮮緑色照鄰架

駸駸宗祖可方駕鈎章題品得騷翁倍使新篁長光價

矛甲鏦鏦看擊雲未遂六千君子軍琅玕一一如椽大

此中更有風月存巨細何異公領孫低昂尤若主承賓

有賓如君誠可人西牕六月暑如焚會見為君滌除熱

惱來凉薰

墳院新篁

琅玕挺秀徑尺盈森森直上摩蒼冥封培保護猶重器
歲餘二十林方成繩繩孫子更傑出遠過鼻祖尤輪囷
蔚然翠羽漸成葆稚者碧玉初抽簪泥塗甫見露頭角
意氣已欲生風雲繁枝會致鳳棲止修榦能作龍飛騰
我來其下避新暑洒若澗壑涵層冰清高直亮異凡種
願言世與山長青綠漪豈但為目玩於焉觀德知脩身
吾宗啓聖所宜法如圭如璧揚休聲

用前韻

世更日月幾昃盈依然有谷中窈窅修筠夾道互經緯
宛如一機翠織成非繇培植得攬玩何異不稼而有囷
籜龍个个出頭角密者櫛比疎猶簪嬋娟色媚已映月
團欒氣合行屯雲雨餘尋丈忽聳拔其上速若鳶肩騰
中邊別種相間簉又類潤玉陪清冰我將於此事著述
編摩自足供殺青此君時對吐秀句揄境亦不孤閒身
涼床滑簟午睡足坐聽雅奏來風聲

夏秋積雨歲用大祲長言紀實

四月五月淫潦積噬嗑丘垤呑原隰匪惟為沼蕩為陂
萬頃秧雲泯無跡攢鵶聯尾空飛翻化鰲為城難障塞
五湖三泖欲貫通浪接重江勢洄潏茅茨比屋何可存
穀麥千金不論直懦夫全室葬魚腹強者呼儔作蟊賊
閉糴成風牢莫回勸分有令徒無益閭存壠畝護餘苗
曾不什一于千百早赤堅栗刈未齊晚紅穲稏苞欲實
饑農競喜新穀收一飽充腸云可必夫何八月天瓢傾
其來震蕩而飄忽勢如陣馬奔不停銀溜浪浪欲穿石

直疑群龍翻九河小山揺撼大山兀須臾泛溢滿中庭
平地如淵深計尺明朝清野變白波浩浩湯湯彌甚昔
積陰為冷不堪收殆類鴻濛未開闢又如歷代政昏蒙
熏濡宇宙成幽墨飈旋霧塞晝冥冥常俾蒼生氣湮鬱
簷前點滴無時乾猶幸滂沱間霖霢登場惟苦禾耳生
棲畝尚有禾頭出深虞衮衮傾盆來已壞垂成俱滅没
大家蓋藏悉已空猶恐有司徵斂急若使租無斗斛收
卒歲輸官何自給貧家薪桂米逾珠待哺嗷嗷併日食

若使粒價更湧騰寧不枕藉為溝瘠彼蒼亦必憫時難忍視斯民至斯極我念民窮作此歌歌此能令鬼神泣鬼神為我訴之天天豈不惟民是恤似聞誥下驅六丁翦夷水怪殲羣慝怒霆笑電悉屏除扶雲推上紅輪日更願陽烏溥至仁大放光明照幽仄鬱者斯通枉者伸頓蘇民氣舒民力洪波卷空九土晞多稼穰穰登黍稷庶令千里免阻饑可反愁邦為樂國

立秋喜雨

炎炎老火焼太空熏灼萬類勢欲鎔高田幅裂稼已腐低壤釜沸禾生蟲金蛇飛走天鼓震須臾散滅茫無蹤火輪烈烈揚熾焰夜境烔烔摩青銅老夫望歲甚田叟恨無神術驅羣龍平明披衣視雲氣霧靄四合何冥濛沾濡俄頃遂滂沛奔騰浩瀚猶崩洪雨珠雨玉何足貴雨菽雨粟亦有窮涓流膏潤入秉穗穰穰九穀苞其中良疇何啻萬萬頃一稔囷櫛過崇墉溢為懽聲沸比屋洗空愁嘆蘇三農亦知誠感斯響答古佛之一真圓通

嗟吾年來生計蕩殆若枯葉隨飄風甌窶汙邪不應禱涷餓直與窮民同繼今甘霔願時有鼓腹擊壤歌年豐

用韻再作

一氣運行於虛空有形孰不歸陶鎔燠寒燥濕互為用功被草木并昆蟲胡然陽亢乃作沴靊霳屏翳俱潛蹤炎炎赫赫勢太甚烹煎萬有何殊銅田疇龜坼河港斷水車不運骨掛龍俄驚片雲變反掌宇宙未剖猶鴻濛初如綫溜氣纔應繼若瓴建聲何洪豈徒神力能致此

意者高厚悲人窮豐凶由數亦匪數厥有造化行其中
年來五穀亦狼戾曾孫之庾高於墉秖今户户嘆赤立
富者恨不為耕農要知千人萬人心心心默與天相通
熙熙田畯爭薦喜烹葵剥棗追豳風更看十月場圃築
黄雞白酒村村同但祈田祖去螟螣願如荆叟歌元豐

賡南塘桂吟

卉木摇落如齒牙紅紫淨盡無浮花秋芳俄從天上至
人世有香誰敢誇纍纍金粟疊為蕊風韻别自成一家

葱葱緑玉不改色歲寒氣節何以加滋榮豈但壓衆植

纖巧直可凌春華一枝纔折聞四表芬敷發達其無涯

看花花好時亦好到眼不覺忘聲嗟君家喬木知幾載

世世封植今彌嘉來章璀璨耀珠璧行墨遒勁飛龍蛇

我營小圃富靈種丹犀列樹尤豪奢虛堂中夜忽生白

扶疎清影來牕紗世間萬事等塵土何苦閉縮如藏蝸

只今有酒爛醉廣寒下但恨無皷可作漁陽撾

壽南塘八月生朝

一年最好八月月此月迥與尋常别君於厥月乃誕彌
天一之精所凝結涵精毓秀宜不凡神如秋水膚如雪
蜚英騰茂載宦途所至光明而煒爗一簾瑩徹照今古
妙凝夜氣氷霜潔芬芳滿腹貯天香吐出篇章更奇絶
所存者厚養者深晩歲丰姿尤發越不知何物敢相干
屢月光華似消歇直疑蒼狗互掩蔽恨無長軀可手抉
又類妖蟇初嚙餅恨無利劍可殲厥一朝天為掃妖邪
銀輪爛爛仍高揭久嗟湮晦忽清明儼若身居廣寒闕

相将誕節紀祥弧連夕金波倍澄澈誰云弦望有盈虧
須知本體原無缺滿堂子女競稱觴比似常年更懽悦
月中自有藥長生不勞復問長生訣從今夜夜長輝光
年年月月無磨折刀圭無惜惠同人使我頽齡起疲苶

和吟友月夜遇風雨不見薄蝕韻

麟經紀載浩歳月天家妖祥互分别所書薄蝕三十六
獨於黒夜泯無説豈以為陽義所崇可畧者陰辭遂輟
曩年月蝕無風雨風雨胡為為月設三百六旬惟此宵

羞使望舒顏面缺第怪飛廉逞怒號擺撼廣寒枝欲折
海濤助勢捲地來萬户千門一時撤天目龍危奏望摇
奚問區區小丘垤明朝揭日出虞淵疑是天工手親挈
羣陰散駭世清夷蛟螭那復為妖孽我欲作詩頌陽明
文思久枯筆屢掣但願合璧常光明年穀順成風雨節
中秋把酒對嫦娥處處團圓天下悅

喜晴

竭來古寺當初寒垂垂凍風不肯乾出門泥濘跬步艱

蟄處無異虬蛇蟠剪花呈瑞天破慳鑄出八九銀巑岏使居城市那得看衔耀老眼真奇觀雪然陽明忽開張俄復飛溜聲潺潺凝雲布濩封乾端冥濛莫覩雙跳丸噫氣夜號力撼山平明推上赤玉盤羣陰解駮宇宙寛草木禽鳥俱懽顔金烏行空振羽翰揚輝散彩送我還却憐殘臘猶欠三日不屢數歳欲殫盈尺為瑞俄頃間天公變化應無難

和催雪

我欲問天天穹窿歲卜其有於歲終胡然玄律欲遒盡
燠乎一歲融而冲凍膚未起玉樓粟寒力尚怯珠槽紅
臘前三見瑞盈尺九土斯農之望同洽寒雖以雲布濩
合影尚欠宵通朧梁園徒聚為賦客灞橋更誤能詩翁
倩誰剪下銀潢水六花人代天施工不必作威藉風伯
不必布勢勞豐隆預占多稼滿周畆首驗小麥連崆峒
嘗聞玉妃從者萬要看羽衛來仙宮未多劉子比西閬
抑陋衛人歌北風撐腸吐出冰雪句清輝交映彌寒空

列岑銀鑄增突兀千林楮刻森玲瓏瑤芝一望千萬頃
不辨田上田中中憶昔臘霙點予鬚至今皓首如飛蓬
自憐老朽難用世祗堪把耒勤農功行天須見度有馬
入地庶使潛無螽年豐常願頌秋報豈止擊壤歌三農

和雪吟

庖無美炙惟野蔌爨無積薪用勞軸夜半烹酒和雪吞
賸喜吾廬銀作屋須臾清氣散入脾不覺吟肩樓聳玉
映書更宜剔魚蠹擁被那肯作龜縮飽看衮衮來玉塵

搥壁斷圭隨所觸地凝瑞氣盈欲尺水剪飛霙出猶六
化工纖巧妙無倫春卉秋葩總成僕最欣歲歲為農祥
散作陽和徧雲谷去年一白兆年豐幸為民力舒窮蹙
今年將見臘前三欲為民生洗荼毒不思金帳飲羊羔
不思朱門厭酒肉目前多幸苟全生稍得伸眉猶勝哭
可憐赤子寒欲僵生理不遺升斗蓄憂時老杜徒詠嗟
破廬凍死寧令獨閑門猶喜得高眠絕勝魯公書食粥

和家則堂韻贈高教之北

别時欠折蘇堤柳西方美人無恙否子卿嚙雪十九年何似生前一桮酒麒麟胡可像而羈要使為祥在郊藪當年誰擅西湖春公閭遺臭千載後但知金屋醉蛾眉簸弄威權翻覆手徒勞吉士遠有行令人驕驕賦維莠君今重整燕薊轅老子跫然欣得偶殷勤為我問平安司馬深衣想如舊

贈范道人 道人以任子為慶臺幕官不受省府差符從道

黄紙差符不肯留飄然願逐雲水遊紆朱拖紫不肯慕

甘着草衣披布素金珠斗量佩鳴珂所得㒲華能幾何

形氣日隨情欲蠹曾不百歲同臭腐學仙豈必便成仙

人世且結清淨緣弘景寧爲軒冕錮子平未免婚嫁累

有田有廬誓弗歸有子有女棄若遺道成却往㦛城郭

化作千年令威鶴

舟回自雲至黃橋風大作復反朱涇泊舟

芒鞵徧踏苕溪罔昌翔歸棹穿滄浪吾廬咫尺自可到

飛廉怒吼俄作狂濤頭掀舞勢欲立紛紛雨散來何滂

河伯怙此賈其勇杯水幾至傾倉皇急呼轉柂依古剎道場千載揚靈光我今七十僅三到更覺古檜蒼髯長應為舩子笑寂寂老無聞達徒奔忙明朝風静日欲杲載欣衡宇升吾堂波濤蓋有起平地覆車未必非康莊人生夷險與利鈍惟有委順於旻蒼

為湖州趙村淨妙庵主僧賦

自披五戒如來佛十年面壁坐天目歸來滿袖唯白雲徒得聲名喧世俗碧玉嶙峋煙霧堆鑿開混沌架突兀

不鞭而來爭獻助斬木指囷人不惜僧寮佛屋俱落成
撐空只欠塗金碧精廬不獨為安身海納諸方禪悅食
上人湛然一太虛真覺端由真淨得是心已澄涅槃心
妙處豈容言語詰故於題扁發其機要使人人箇中覓
學徒釋侶有能然從茲作祖而成佛大展坐具闡道場
勝地名山須卓錫法筵乃見龍象尊天池且作鯤鵬息
書來謂逮菊花期蓮社紳緌應畢集遠師如肯致淵明
亦擬袖香躋丈室

秋聲集卷三

宋 衛宗武 撰

五言律詩

賦方寸春

小亭依緑水花竹自幽奇地止一方濶春無方寸虧粟中藏世界芥子納須彌萬象融心境寧為目睫欺

新陽前口占

初見草生池俄驚草又衰秋山縮鱗甲寒渚燭鬚眉花

露先春信林存傲歲枝新陽已潛動為報衆芳知

山中新霽 案此詩誤用庚青韻

一雨喜還晴曉山青復青喬松清老眼啼鳥悦幽情與客評詩卷看僧誦佛經更憐清絶處泉瀉佩琚聲

清明行役過澱湖至吴

涉泖正清明澱湖波更平雉媒空古蹟鶴唳動鄉情楊栁家家插桃花處處生青山俄在望咫尺見吴城

和埜渡詠梅

傍宅林園巧亭垂剪剪茅雪香藏冷艷月影浸疎梢桃李陪臺等松筠道義交巡簷頻索笑應不厭推敲

紫荊花

穠艷壓春葩葩成葉始芽未張青羽旆先糝紫金砂譜接三荊樹名齊連萼花移根向深谷寂寞愛繁奢

春山

新晴散佳麗列阜氣尤豪賦草翻風沃芳林映日高殢情醲似酒溢目蕩如濤衆史應難畫吟將入彩毫

出郊

幾度擬郊行天公欠一晴水寒魚絶影林暝鳥藏聲雲歛天容淨雨餘山骨清津橋小盤薄梅有數枝横

訪山庵

彌月住山家晴天物色奢鶯遷對人語蜂聚報僧衙筍老欲成竹蕙香開徧花清吟無箇事冉冉送春華

次韻幽居

柴荆長日閉一徑窈而深花竹四時趣簡編千古心户

庭無俗駕風月入騷吟種秫多為酒客來須共斟

張石山遷居

於我已渠渠遷喬喜得廬挈來三釜粟更有一牀書疊

石境不俗得山名豈虛從今來問字門外列高車

過安吉縣梅溪二首

壯年知幾到幽徑喜重尋異世桃源路暮春梅子林屏

山森秀色槃澗漱清音迤邐窮幽眇山行不厭深

縱步歷前村翛然幽趣深鳴鴻歸別渚倦鵲立寒林煙

樹遠橫帶雲甍高聳岑隨風數聲笛清絶似龍吟

題城山頂庵

高廣與城埒平夷似砥同舉頭瞻近日敵面怯東風千嶂屨屐下重湖几席中吾鄉那有此幾欲傲愚公

牡丹和韻二首

紅紫富輪囷京花非浪名相看同國色獨酌愧耆英物好能移老春歸更有情桑榆陰未徙尚擬續芳盟

似盤還似囷尊號擅芳名洛土分來種景星流作英紛

數為絶色向背若含情別久喜相對開尊話舊盟

自桃嶺歷諸隴後返至唐村庵

扶杖穿桃嶺山行歷幾村嶔崎窮絶巘旋折反窮源地逈猶仙隱山多隔市喧層巒互將送不覺月黃昏

登多景樓口占立成

新霽登多景斯遊亦快哉雙尖浮殿塔千堞裹樓臺瀲灧琉璃合微茫圖畫開江山仍似舊投紱慨重來

過墓鄰僧寺

一見說交情僧醪為客斟溪山銜落照杉竹聚清陰日對畫圖軸風生琴筑音意行行不足逸興對高吟

和文友催梅

日昴驗星躔陽和梅占先未教疑雪似早已奪春妍少緩芳蕤放多令秀句傳輸君探山意日日醉花前

和南塘賦東軒春日即事

十分春過半稺緑已侵花又見拳抽蕨相將舌吐茶川原美如畫卉木爛成霞紅旆思行樂黃紬憶放衙榆年

許憔悴芳景自紛華但有書為圃不妨涵聖涯

山行道間

行春行不足今日又明朝平嶺上危嶺長橋過短橋殘紅明石澗臟綠暗風條最是宜人聽遷鶯出谷嬌

聽鶯

羽族滿幽谷綿蠻聲更多翠林深萬緒金羽擲雙梭破曉頻驚夢屾雲如解歌弓丸那可近鳴躍在高柯

山行舟回

細雨弄晴暉舟行度翠微牧童臨水立埜鷺避人飛風力偏欺酒山光欲染衣晚來雙槳發擬載碧雲歸

和青溪山行

北崦共幽尋森森萬綠新柳陰停雨棹栢逕岸風巾幸有寬閒埜堪娱老病身秖憐人事異滄海亦揚塵

至上基祖墳

小逕入山村行行及墓門豊林俱易種古木失常尊重悵松楸地多為荆棘原青青一坏土馬鬛喜猶存

木蘭花

頗費東君巧晚春纔有芳森森紫毫束艷艷粉囊張凡木難同譜猗蘭祇有香花名傳樂府雅調更悠揚

春晚郊行

盎若陽和氣融融滿太空水涵春嶼碧林鏤夕陽紅過盡桃花雨吹來楊柳風韶光晚尤媚遊興浩難窮

步屧出郊原家家春滿門斜陽芳草岸流水落花村露葉梅藏子雲根竹長孫東君老仍媚猶有埜芳存

東風吹不斷芳草正萋萋暗緑藏禽語殘紅襯馬蹄莎
汀連葦岸麥隴間蔬畦徃歲行春路推敲認舊題

暮春

跨馬尋春去未容春便歸山浮天際色雲弄水中暉緑
長千林暗紅無一片飛芋莢籬落外惟有菜花肥

晚春

轉眼韶華老絮飄萍滿塘啼鶯求友急乳燕護雛忙春
晚犁鉏鬧雨餘桑柘香清和猶好在未忍廢奚囊

再用韻

飛花迷柳岸小葉貼荷塘冉冉年增老匆匆春去忙候禽喧巧哢野卉逗餘香盡日敲吟字詩慳類括囊

和張石山惜春韻

天涯芳草路幾度擬幽尋懷古空陳迹傷春徒苦心花殘猶宿蝶柳暗已藏禽天地年來别一春常是陰滿眼物華媚芳辰與意違愁多何樂少昨是豈今非轉蕙光風老流花過雨肥春來傳好事空又送春歸

宣妙寺即事

寺小經年久地偏人到稀山光含埜色泉脉出林霏老樹藏金粟繁枝長綠衣門前千歲栢長日映清暉

雲龍歸別庵僧

彌月分僧榻翛然與世違何妨隨地隱恨不載山歸跡與風帆遠愁隨春絮飛何當泉石畔歲歲得相依

自雲還登舟

日日上巑岏吟邊飽看山筍輿穿嶺徧桂楫汎溪還芳

草垂楊際行雲流水間往來身不繫未羨白鷗閒

僧庵

結屋倚巖隈日高晨露晞開門放山入隱几看雲歸埜老披白袷樵夫穿翠微僧居無箇事盡日客來稀

自霅和石山

扁舟汎清霅遊屐徧層巒幽討離家久新吟借客看槐陰風轉夏梅子雨留寒不謂浮雲跡煩君上筆端

歸舟

回艇臨塘路擇夫欣路平歸鴻千里近過鳥一身輕溪派分頭去山光戀眼明松江水雲際屈指不多程

初夏登北山

推篷數峯出野色弄新晴雷復陽初長雪消山更清嶺㘭孤塔露木杪片雲生何日塵緣了來尋猿鶴盟

北山晚步

遠岫煙光合天寒欲斂昏栖鵶依古木歸艇入前村岸隔山藏寺潮生水到門川原渾似舊竚立暗銷魂

重九

榆景轉凄凉逢秋更斷腸百年能幾日多歲負重陽杜釀慳浮白陶籬半點黃可嗟人事異花不減寒香

別陳玉峯

三載相親久臨分思黯然不堪蘭佩遠近在菊花前欲買堯夫宅難移杜曲田台山千萬疊書有鴈能傳

野步

清景浩無際天光接水光晴雲侵別嶼遠溆落殘陽巖

菊幽含馥岸花嬌衒粧田家競秋報社鼓樂村坊

野塘晩步

數畝涵空碧波光可染衣荷枯惟藕在荻老作花飛水淨遊鱗見天寒過鴈稀十分清絶處秋月散明輝

錢園小隱

林園依岸曲小隱是誰家畫閣虛臨水綠筠深護花晴川流皓月落景襯明霞幻境無多地幽情未易涯

下嶺

下嶺望前村參差去路分數疇田接壠一穗[illegible]生雲古樹藏山脅幽泉漱石齦巖居非不隱士馬亦紛紛

初秋夜雨

老火勢方張欣逢律轉商打牕風送濕襲袂夜生涼灑若煩襟豁悠然清夢長流膏到原隰黍稷徧含香

過荻塘

煙火人村盛川途客旅稠荻塘三百里禹甸幾千疇綿絡廬相接膏腴稼倍收經從少至老復此繫扁舟

月師西巖

靈山作巖骨清氣滌炎洲突兀插萬古玲瓏涵九秋排雲宿翳掃賓日曉光浮的的西來意宜於此處求

雲隴晚歩

幽澗水縈廻深林路杳微僧居無客到樵徑有人歸歲晚松孤秀天寒鳥倦飛一塵渾不到倚杖看斜暉

重到雲隴

重來知幾度行屐徧松楸白日惟催老黄花又送秋山

深林翳掃埜豁稻雲收盡說豐年樂田家更覺愁

少壯記曽遊茲來營首丘青山不改色白髮自多愁寂寂千年晚蕭蕭風雨秋世緣何日了一笑問盟鷗

山行

晚芳開欲盡落葉滿林楸風色轉寒候雨聲鳴暮秋清遊殊有碍歸興浩難收何日逢開霽天還解客愁

晚眺

一碧秋萬頃了無雲翳侵遠山醒病眼澄水瑩塵襟鴈

落浮寒渚烏棲認舊林臨流小盤薄飛鏡掛危岑

再用韻

病眸猶遠眺惟恨鬢霜侵稻色雲連畝桂香風滿襟壄橋横落照晚磬出幽林牧笛數聲外明霞襯碧岑

秋後郊行

水北水南村縈回草徑深食蔬蟲篆葉宿樹鳥盤林岸斷分支港雲開出遠岑意行無箇事斜日照孤吟

和詠雪二首

六出天施巧時哉更可人後庚三日至來復一陽新破
白祥開臘剪紅工勝春羊羔金帳飲宜富不宜貧
飛霙應冬候志喜屬詩人遠岫千尖沒寒林一色新年
豐呈上瑞天巧占先春比屋銀成屋民貧豈療貧

喜晴

披霧出松關行行破曉寒崎嶇忽平坦迤邐復巑岏霜
沐林光沃山園野色寬朝曦開霽景鳴鳥亦聲懽

之雪

小艇經從處村村盡掩扉山川今似舊城郭是耶非澤竭魚龍困林空鳥雀稀天寒歲年晚蚕計盡知歸

津途風雨欲雪

宇宙忽凝合一元如未分天慳花剪水風潑墨成雲饑鳥啄木理戲鳧生浪紋祁寒飛兩櫂行役為誰勤

和張菊存寄詩二首

江湖詩價滿競說弟兄難才壓曹劉短氣凌郊島寒騷壇新領袖上國舊衣冠未見詩先得今人作古看

一紙飛雲端驪珠得所難句成春草夢香帶古梅寒顧見期傾蓋遠遊思整冠乘流問陶逕剩借菊唫看

過新豐村偶成

咫尺是江城欲前猶未能舟行尋宿泊村近問名稱愁聚眉常斂吟窮思屢凝新豐舊遊地過騎免憑陵

唐村買杉為椁南潯買杉為棺戲作

一出四旬歸身謀喜不遺歌方想原壤讖復合龜茲厚薄惟求稱死生難預知桐棺三寸窆亦足矯荼毗

過菁山秀王墓

對案毬獅衮來罔陣馬驅識書曾昔驗王氣慨今無猶喜王侯冢免遭詩禮儒怱怱餘壤樹柯葉尚紛敷

挽常蒲溪端明二首

蘭省冠時英清華晩徧更有年尤有德全節復全名世襲烏臺譽身辭鵷閣榮平生敭歷地千古載廉聲異邑阻登門因風輒寄聲方馳咫尺牘已奠兩閒楹模倣楚人比摩挲白傳銘貞元朝士幾三嘆重傷情

挽南塘朱檢閱二首

傳笏自文昌身名克顯揚蜚聲騰宦路接武近鴛行廉尚冰霜潔吟篇風露香晚年陶靖節松菊更淒凉

忝歲篤盟嫺交情晚更親耆英亡老友吟社欠同人氣貌温温玉襟懷盎盎春北山期共隱臨窆重傷神

過秀城哭葉倅

一見負吾願人亡乃及門温乎容可即儼若像如存滿擬朋三壽那知隔九原瓣香傾老淚竚立黯消魂

久矣致生芻斯行夫豈徒不惟哀一老亦欲識諸孤魏笏期傳祖韋經在業儒子平仙去早萬事付長吁

挽儲華谷四首

吾里文華士平生湖海襟四書窮洛學五字逼唐吟多識精能事諸公競賞音結交猶恨晚十載獨知心

處晦心常樂安貧節愈堅遺書訂無極妙藴發先天揚子惟存宅龜蒙粗有田阨窮身至泯遺子獨青編

世慕長生術君尤早用功談玄徒至老養素竟成空身

已隨朝露神應到閬風清言那復接賴有注參同

歸來纔一見病已不能支擬作歲寒友俄成夜壑悲淒

風吹老淚落日照幽姿賡唱無從再酸心閱舊詩

挽悟悅師二章

耆宿已凋零如師亦曉星宗門僧巨棟梵宇世傳燈身

閱空花境心潛多葉經悅禪方有悟六袠弔頹齡

契合豈前因交情淡愈真開緘疑晉帖賡句逼唐人高

着碁空局清彈案積塵滿襟揮老淚釋友更誰親

挽柳月澗

素履輩儒先居鄉行不愆五言唐句法千古宋吟編每恨貧難療猶欣名可傳此生何所有老壽更希年

挽葉倅二章

八座家聲著居官政不迷典刑鄉黨敬節行古人稽展驥空凡馬解牛猶割鷄駕行纔展武勇退倦攀躋

死别喜生反心親恨迹賒交情金可斷粹德玉無瑕方擬來聞鶴俄驚夢在蛇已年春不在歸藏重悲感幸有子承

家

七言律詩

元日雪

曉來雲氣忽氤氳上瑞俄驚到眼頻陽得一宵猶帶臘
飛來萬點總成春方傳六琯葭灰動又報千林花事新
試向庭前披鶴氅却嬚標致怯前人

和野渡春雪

天教滕巽互驅馳令下東皇莫敢違雲擘碎綿迷眼界

秋聲集　十六

山遮新黛抹腰圍衆芳被虐難争巧二麥呈祥不用祈
片片吹將入簷幕佳人錯認落梅飛

寄興

希年逾五歎無聞歲事從頭又一新徒得襄陽齒耆舊
却慚莊子號陳人垂垂榆景已侵耄冉冉花辰不減春
日涉丘園今已矣北山亦足了閒身

再用前韻

杜門世事不須聞一任如棊局自新多病不妨為壽考

餘生更喜作閒人居今野處黃冠日記昔郊行紅旆春
須喜世榮俱土苴豈如有道善其身

春雨

幾朝霢霂不破塊通夕浪浪勢乃滂竹下森然騂角露
桑閒沃若繭絲香田毛沾潤初含穗土脉流膏欲布秧
多謝化工成歲事從春節節為人忙
一自春來二月强連宵廿霔澤斯滂潤留根蔕梅桃實
清及萌芽黍稷香雀舌纖纖抽茗葉羊羣戢戢長松秧

農桑從此無虛日織婦耕夫處處忙

一自蒼精渙號揚如酥小雨釀春忙霏霏透入根荄脉點點染成桃杏粧澤徧高深俱及物氣融枯槁亦生香老夫那復問芳訊但顧三時協雨暘

和王峯春吟

年來愁似海波深栢酒明朝試一斟那復蘇堤追勝賞不妨楚澤效狂吟金旛曉賜夢何在紅旆春行步莫尋料得宮花仍似舊應無墮珥與遺簪

首春同枌友擕樽過埜渡訪梅即席

枌朋載酒子雲居何必孤山遠訪逋癯影參差濃復淡古香傳送有還無朋龜膹喜如雲集汎蟻何妨過日晡索笑却嫌來較晚一林芳意太紛敷

訪梅尋友欵幽居俄見棲鴉已畢逋霽日幸同終日笑春花有似此花無銜杯林下嫌來晚索句簷前秪恐晡菲作不妨為玉引要看詞藻競芬敷

初春次文友韻

原郊稚緑未成蒼芽甲森森似蝟芒悤景不堪烏兎躍
新年又見燕鶯忙看看地列千機錦冉冉風傳百和香
人事不如春事好芳菲徒自滿河陽

賡埜渡春集韻

紅紫春來獨擅場銷魂人抱送春觴少嬚宴席聲歌短
晩覺書林氣味長列座燕毛成二老一番花事付諸郎
吾儕到此無他好莫厭賡酬費錦腸

月集呼聲妓不至埜渡於觴末俾賦詩以紀初

集

真率盟齊喜有初崇觴載俎志交孚共披白帢俱霑醉獨惜紅裙不受呼擬洛者英宜有詠班唐九老可成圖從今勝集循環舉歲歲無令此意辜

清明前有遠役呈埜渡

月集相期在後旬料應主席不寒盟方思北陸催行色又為東風問客程鼓楫欲隨芳草去傳杯須待綠陰成姑蘇城外春光老還許同舟載友生

清明前呈文几

此月纔過禊事修芳辰冉冉逝如流牡丹開了寒應盡燕子歸來春又休衰鬢難將新緑染顰眉豈為落紅愁勞生擾擾何時足已擬抛家理釣舟

清明前呈南塘

晚景淒凉事事休與波上下任沉浮花辰歲歲惟添老榆火春春不改愁幾曲畫屏新緑暗一川流玉落紅稠出門有碍家無累水北山南負勝遊

次華谷詠梅韻

宜煙宜雨更宜晴竹底何妨枝帶横雅致恥隨春富貴英姿不怕月分明吟邊興動詩添韻醉裏香傳夢亦清一自孤山題品後此花標格孰能名

次韻詠梅

直疑姑射地行仙綽約如臨几案前和竹半敧能去俗與蘭並列盡饒先林間姿艷同霜潔窻下精神待月傳剩欲栽培為老伴相親日日在吟邊

又和詠梅

逸氣飄飄似欲仙不論茅舍玉堂前衆芳無此風神秀
十友推為行輩先佳實尚堪為世用香名更喜有詩傳
蕭蕭白髮差同色也欲拈花上鬢邊
幾回渇想此癯仙誰為招邀儼在前明艷弗為諸垢染
孤標獨出衆芳先不矜顏色自奇絶綽有馨香秖暗傳
空想名園千樹發何時持酒向花邊

曉枕追記山梅

高眼紙帳思無塵祇憶氷花入夢頻斜倚溪山獨標致
明分霜月倍精神瑞纔六出先呈臘香壓羣芳不敢春
今古騷翁題不盡孤山續筆屬何人

蠟梅

妙製成春春未知園工自出一家機折旋夭矯龍蛇勢
繚繞繽紛蛾蝶圍煙篆不生騰饋馥月痕相倚衒清輝
西城纖巧仍如舊祇慨棃雲昨夢非

詠埜渡香片蠟梅

一瓣生香獨傲寒此梅難並衆梅看明朏玉雪層層積
蜿骨蛟龍曲曲蟠巧若天成經歲遠移來地闊占春寬
老夫猶未識花面覓句含毫作是觀

為僧賦梅庭

奇絶生春五出花僧居著此境尤嘉一方寒月浸清影
幾度春風生素華何必江頭千樹暗未如屋角數枝斜
繙經覓句無塵事坐對尤宜雪煮茶

牡丹

淑景駸駸到牡丹探芳日日傍楹欄巧心吐出黃金縷
腴臉閑成紫玉盤春晚有花飛欲盡山中此種得應難
便須收拾歸囊錦更酌清尊仔細看

巨室遺牡丹有作

幾年有負傾城艷慚愧今朝對洛花憶昔富文同勝集
慨今姚魏屬誰家賞心不作園林想過眼聊為几席華
回首一年春又了綠陰芳草接天涯
殿春名譜壓羣葩汲水金銅滿貯花無地栽培娛老境

有風吹送到兒家嬌容粉薄雨含沐豐臉盃醺日絢華
花卒還榮人莫少芳辰來往歲無涯

春晚郊行

細草平蕪接渚沙僧庵繫馬栢陰斜青山幾曲遶流水
啼鳥數聲隨落花芳景流連春富貴晴林浮動日光華
獨憐人事多非舊寂寞荒村點暮鴉

喜晴

梅雨成霖味已甘淋漓更久恐難堪風雷幾晝起平陸

星斗一宵移下潭萬畛針芒青曳曳千山鱗羽緑毿毿
老夫晴雨不關念心醉青編維日酣
雨収宇宙喜清明社舞村歌沸鼓鉦竹下蛛絲粘葉穩
柳間蝶粉綴綿輕班班逺岫髻鬟列灔灔平川衣帶横
候轉清和景尤勝翠林幽哢聽倉庚

雨後堅山行之約

水泛新堤蘸柳條郊行喜有可人招不堪白髮三千丈
莫負青春九十朝鷗鷺何妨為伴侶鵾鵬一任詑扶摇

山靈久擬騷人到霽月光風不待邀

和友人秋懷

林藪髮枯山斂眉凜秋豈但楚臣悲翩翩鶯燕知何往獵獵鷹鸇正得時殘雨曉添衣氣潤新寒夜厭漏聲遲悲風入調須頻奏妙趣惟應心自知

星節前戲成

依稀橋鵲布銀潢又見天孫作婦忙已向煙蘿深遁跡不煩雲錦粲成章追思高會飲傳燭徒得清眠夢熟梁

却喜連朝天沛澤應為月姊釀秋芳

和象翁七夕吟

暗度雙星見者稀那堪霧氣更霏霏為雲為雨觀如夢
一歲一宵來即歸玄鵲有靈勞翼負素娥含恨減腰圍
綵樓誤却穿針女王宇銀潢欠發揮

菊秋曉枕偶成

希年七十又加零漸脫塵緣萬事輕冉冉壯心隨歲減
蕭蕭衰鬢與霜明愁傾白墮嫌無量老對黃花更有情

欲寫秋容到寥廓却慚健筆欠縱橫

菊秋呈南塘

凄凉時序每興嗟那復登高似孟嘉尚喜烏紗粘皓髪猶存青眼對黄花百篇剩有詩堪索九日愁無酒可賒采采緬懷元亮節不隨流俗競春華

赴埜渡招賞桂

幾年寥落負秋光剩喜朋簪列耐堂枌社重開真率集桂華新薦廣寒香故交今日嗟無幾我輩晨星當自强

况有坐中名勝在携尊何待菊花黄

和埜渡招賞桂韻

揷架金英噴月光園中列樹更堂堂信從天上靈根出

染得古來詩句香今度花遲前度發三分秋占二分强

主人健筆供模寫壓倒當年蘇與黄

和象翁雪

欲把青空一色糊集先維霰作花踈寸餘凝積常年有

尺許堅牢自昔無粉陣成圍攢戲蝶鹽車疑覆失前驢

新吟便是有聲畫何必鵞溪寫作圖
剪水天為農發祥豈知寒卧欲成僵朱門快意酒肉會
墨客馳神祠翰場梁苑集中呈賦手灞橋行處吐詩香
羊羔茗飲評清濁相去何如千丈强

和野渡甲申雪吟

盈尺為祥須應占洪纖著物類形鹽幻成列阜鼉城湧
散作千林蝶陣粘清友不妨添玉骨蒼官俄怪變銀髯
秪憐歲歲催人老染盡華顛亦可嫌

三白先春花尺圍玄冥喜不遜伊耆蓋深巖穴獸無迹
凍合林園鳥不飛金帳從教資侈泰銀城未必可憑依
卷懷經濟姑藏密閉户高眠未必非

即席賡喜雪韻

崇巒九疊破天慳地遠塵囂隔幾關方恨重雲封皓月
俄驚半夜老青山莫嫌臘後欠三白且喜春前露一斑
幾度冬來逢上瑞更祈盈尺送舟還

次韻雪積即消

馮夷剪水抑何慳祇怕天工未許閒上瑞先春纔破白
屢豐卜歲已窺斑可憐俄頃消成水不怕明朝失却山
金帳羊羔非我事汲清煮茗課奴蠻

和野渡雪消二律

雪晴吟弄句仍佳滿紙鮫珠屢拜嘉刻玉林林空楮葉
沾泥處處失楊花消成滴瀝原歸舊潤入根荄生有涯
賸洗餅罌儲此水待驅炎暑煮春茶
可親餘暇復奚為雪霽何妨剩賦詩應怪玉峯還翳薈

更憐銀屋變茅茨結成氷筍方連夜散作簷花特頃時
物物要知須返本氷仍歸水更何疑

寄賀陸翠庭遷居

翠庭欲到到非難覿面須當聽麈談未必移家似東野
料應有宅過羅含幽懷萬堞塵埃隔勝概兩湖風月涵
唐宋詩人多姓陸吟邊行遠可相參

賀南塘得孫詩

咎消无妄福來宜喜氣津津溢秀眉桂子昨方移別種

桐孫今見長新枝金章魚佩須傳祖玉果犀錢夢得兒

我欲去為湯餅客却慚未賦老坡詩

南塘歸自浙東

皷枻歸來波浪平碧天如水月分明幾番惡夢頻驚散

一片閒愁頓掃清桂子高風生逸思菊花老圃恱吟情

同盟約過淵明宅載酒東籬莫厭傾

和南塘

歷徧崔嵬又涉川菊秋還見早梅天重來槁項惟添老

屢對青山似有緣攜友擬為深谷隱有僧可問小乘禪臨風却憶南塘老便脫芒鞵棹去船

和丹嵒以青溪至有作

故人未到欠詩催纔到九山雲為開埜鶴正思尋老伴盟鷗亦競喜朋來免教北隴慙空帳消得南山詠有臺梅信已傳花信動直須領客待春回

雲隴回舟過湖城

起來雨氣掩朝陽俄喜天開正色蒼一道澄溪雲弄影

千峯霽景汎林光微茫煙外類城露蓊鬱山巔古寺藏

踏徧層巒遊屐倦歸船欵乃艣聲忙

重到雲龍新阡

摸金郎久徧郊原冢域猶欣草木蕃松已高年為老友

竹添新譜長仍孫四圍秀色山浮几一曲清溪水到門

莫恨牛眠無瑞應且欣老壽此身存

又題雲龍墳庵

斗大山庵歷幾春茂林豐草綠初勻青山繚繞猶列戟

玉澗縈廻似曳紳新竹羽成雛鳳尾古松鱗長老龍身吾年已邁嗟無用表道瀧崗尚欠人

南徐買舟將歸

風雨連朝思黯然山迷宿靄水迷煙一年春事少閒日半月客程逢漏天喜涉鯨波返江國便思鶴唳買河船修途往復成何事姑了餘生未了緣

舟行分途次埜渡韻

同舟李郭喜相親盡日賡酬夜至分未信詩能窮我輩

不應天遠喪斯文相違雖判城西路有約同看嶺上雲從此吟毫可停運祇疑風月未饒君

舟泊姑蘇

夜泊垂楊古渡頭片帆已喜到鄰州經從城郭驚前夢寂寞川途異舊遊近事能知惟語燕餘生何有付盟鷗可堪人與春俱老落絮飛花點點愁

舟近吳興郡見山

一舸夷猶白浪間擡頭俄喜對青山平生每見便刮目

今日重來不改顏城郭衣冠應寂寂川原草木尚斑斑
餘齡未艾須時到健筆猶能記往還

為謝氏賦流芳

斯文一脉可傳家囊帛籯金不足誇須信詩書涵潤澤
自今庭户發英華謝蘭輝映方生玉竇桂香含不斷花
不但種芳兼種德百年之計此為嘉

七十生朝製披帽

喜至生朝疾有瘳旋裁披老帽蒙頭肖形雅稱氅披鶴

緩步何須杖策鳩皓首今為七十老黄花更有幾番秋
明年準擬拋家宅水北山南狎埜鷗

借丹巖韻貽青溪

良朋有約著書催未到愁雲撥不開丹穴孤雲宜間見
青溪隻鶴喜重來有誰剖玉明荆璞愧我無金築隗臺
鄭校子衿佻達久擬延尼父鑄顔回

和丹巖述志

蠹簡鑽研眼欲穿讀書何似夏侯玄文傳可使紙增價

酒盡何妨尊屢眠唾落成珠皆至寳筆耕有粟勝良田
席珍儘足需時聘經史何勞手更編
室罄囊空氣不衰朶頤寧肯舍靈龜多金未羡陶朱富
淅玉姑為杜老炊煖客情難到貂鼠惠人智不及蒲葵
春風可笑隨流俗不長桃枝長棘枝

和丹巖入屋韻

得廬莫恨太婆娑繚以芳衡葺以荷從舍借車家具少
架書充棟手編多且甘窮巷飲瓢樂須有文朋載酒過

他日不妨更爽塏詩人寧遜庾并羅

代餞行

比來長掾宰如君退食時惟儒士親編簡香中猶得味簿書叢底不沾塵乍交祗恨過從淺每到須蒙問勞頻多少清風留鶴國不堪折柳向西津

下車人已誦廉平三載松江著令名敏則有功無滯事惠而為政及疲氓班班可紀郡曹美去去先馳臺掾聲騰實蜚英聞北闕佇看紫詔趣亨程

和戚秋澗遺詩

登金步玉信無緣二十年來喜服田肯羡鳴春爲候鳥
自甘飲露作寒蟬嗜閒倦舉吟風筆歎老貧無釣月船
但得有錢供客醉絶勝名字掛凌煙

欲廢推敲幾歲華詩葩君至復萌芽吟章既富舊成帙
生計無多新載家冐著古今書拍塞壘行真草字橫斜
年逾八十身方健高把松喬壽未涯

偶成

平生夢不遇邯鄲學道求仙興已闌旋改詩編入新刻重尋琴譜發清彈不慚晚境為寒畯翻笑當年慕熱官志業無成年及耄那知身反誤儒冠

為鄉人賦心田

方寸良疇人共有能耕能斂幾人知坦平非有山河界存養何殊雨露滋盍剖藩籬忘彼我却明畦畛别公私儘多陰隲於中種播穫當為百世菑

宣妙寺偶成

孤寺蕭然寄碧岑塵無半點到僧門風傳鐘鼓萬家縣山遶犁鋤十里村一榻高眠慨今夕八窻洞達納乾坤此行梅月孤良覿雨打寒林曉復昏

賦宣妙院古栢

飽經三百載風霜幾見林間古木僵修骨蜕龍鱗甲長繁柯孳鳳羽毛蒼孤高獨與風雲會葱蒨深藏雨露香寄語山靈須愛護殷勤重賦角弓章

和南塘嘲謔

理存成壞與虧全人事悲懽莫不然梅帳道人新活計柳枝歌妓舊因緣斷絃謾說鸞膠續刳肉難將獺髓填更遣青裙并赤脚獨將琴冊寄餘年

過吳興城

兩溪浮玉浸晴空萬井樓臺一葦通舟過恍如蓬島客人行疑在廣寒宮青山迎送猶交友綠鬢往來成老翁遐想坡仙華老輩邇來那復有遺風

過安吉城

一年兩到吳興郡夢想徃時雲錦鄉敗堞頽垣尚圍遶
雕梁畫棟總淒涼蕭蕭適際風寒候黯黯全無山水光
日暮樓頭鳴鼓角聲聲悲壯斷人腸

過荻塘次韻

平林歷歷曉雲迷津堠將迎客棹西千古興亡泰伯國
一川經緯狄公堤雨添柳色成蛾綠春剩花香散麝臍
去去苕城知不遠摩挲老眼看山溪

次韻荅柯提幹

年來人物慨凋零義重交盟髙華輕一葦匪遥秋水隔兩章相映夜光明乾坤何日可還古風月於人無異情姑把愁懷寄觴詠出門一笑九山横

和葉榦慶七袠詩

不圖聞達老何求久矣甘為農服疇晚歲但知書甲子希年徒自富春秋作朋何敢班耆父招隱猶堪共釣遊寄語紛紛朝市客狐裘未必似羊裘

和王總幹韻

碑銘細讀識前人貽後無非舊典刑宦業傳家守清白
儒科繼祖播芳馨縶駒共歎淹場藿鳴鹿還當歌埜芩
千古斯文應不泯待將辭藻撰天庭

挽都務弟己卯歲斐

功名剩擬看先鞭永訣于今十九年地下那知多歲月
人間別是一坤乾生前桂籍身如在死後芸編子並傳
已已歸藏無欠事獨憐埋玉重淒然
襲舛承訛俗尚同為謀所喜適吾從傷心幾載鴒原夢

灑淚今朝馬鬣封梁棟材嗟空故木珠璣香喜長新松

最忻壤樹首丘正祖壠葱葱佳氣鍾

挽林梅癯

晚擢亞科躋憲掾擬航選海竟無縁苦吟方與甫俱瘦

疎影俄隨逋已仙谷水吟編多手澤廣陵琴趣得心傳

年幾八衮身何憾老友凋零重愴然

挽王總幹父知縣

蜀溪名閥世為儒祖擢巍科子亦如從仕為民辭薦牘

移忠有後竟懸車一生氷蘗節愈厲兩度絃歌政可書
共擬瀧碑表親墓詎知簪笏化犁鋤

欽定四庫全書

秋聲集卷四　　　　宋　衛宗武　撰

五言絶句

春日

化工溥至仁生機運不停榮觀徧原野宇宙一丹青

望霽

陰陽互闔闢宇宙幾洪荒重明麗乎正萬象生輝光

覽古

治忽無常形今古無常勢必有非常人以制非常世

和黃山秋吟

有山靜而秀有水清且漪風霜空宿翳草木含幽姿

題畫軸卷後

列岫喬林平川别墅瑞天一色遠近映帶畢逋雲集下上盤薄於寒空暮景閒不假丹青而尺素之妙幻出雪霽無涯之境謂非善筆不可也少游可作吾將問之能寫寒鵶萬點流水孤村之句乎而詞不及雪

若附贅然雖然非雪與山則無以著清迴高潔之趣

詞之意未足而此筆足之使少游寓目焉亦必為之

三歎主人好尚風雅屬予為辭而繫之以詩

林皐玉參差寒烏千萬斯直疑飛繞處錯認月明枝

蜘蛛詩

經緯智何多網張猶設羅但知萬物穽更有物誰何

蜂詩

為巢倒懸樹窾窾自成房螫人雖有毒終為人所傷

蠅虎

狀有類蛛螯見物常勇捘奮身如虎猛所得亦蠅頭

詠蠅

營營止于棘或赤而或黑皓皓染成汙𡢃䰟併倿魄

螢

本從腐草生聚為寒士燈一朝書課效功寧不汝矜

絶交

北山有鳴鴞不絶而嗁鳯宜下絶交書埧箎非仲伯

七言絶句

次韻賦蠟梅

將到窮冬寂寞鄉誰知花事未渠央最憐剪蠟翻新樣
却笑燒鉛作素粧

能向早梅前獨秀何妨秋卉後纔香祇嫌一種開何晚
直待東風為發揚

和詠梅

獨占東風第一籌孤芳不與衆芳儔飄零猶待調金鼎

未逐凡花浪蘂休

點檢春工首到梅枝枝羞澁未全開試看詩句相料理
換得清香入夢來

年前踈秀明於雪年後芳敷蓊若雲有色有香尤耐久
十分春事占三分

春日

天公要與物為春人事紛紛藹若雲錦繡山川誰管領
祇應魚鳥得平分

和海棠韻

鬢霧鬟雲襯臉紅嫣然一笑倚春風直疑傾國傾城魄聚入此花顏色中

爲慈上人賦雲溪

油然出岫擘晴綿點綴青空水接天心跡兩閑無俗累靜觀飛躍樂魚鳶

白衣蒼狗任從渠不礙波涵一太虚雅契高僧方寸地卷舒流止自如如

和象翁絶句

春花色色俱成夢夏日纍纍結滿枝獨有葵榴媚清晝薰風時度五絃詩

恰好軒窻傍竹開絶勝舞榭與歌臺縱縱甲刃丈夫立彈壓炎威不敢來

舟行必水陸行車此地無桑只種麻安得野蠶生活萬化成絲繭徧家家

浮生一夢寄南柯烏兎雙馳迅若梭世事如棊知幾變

捄時無著奈時何

和丹岳

芳事從今鼎鼎來看看花片撲樓臺一和既盎寒如掃
錦鏽香中圖畫開

玉女裁花撒碎瓊寒威凜凜壓山屏消殘猶自衒天巧
點綴裙腰一半青

絳帷深密障嚴霜衿佩芬芳聚一堂竹外琅琅聽春誦
咿唔聲裏帶詩香

一片花飛未減春方來頳紫蓋如雲新晴賸擬扶鳩杖
試探芳辰有幾分

餘寒威壓皚浮瓊粉黛羣空欠肉屏欲著春衫憶纖手
不勞陸展染青青

山行

曲波岸岸浮清嶼綠樹村村閒野花一望川原春冉冉
斷霞殘照落棲鴉

埜芳未放青春去林鳥長隨白日閑山色滯人歸未得

杖藜日日扣松關

麥畦桑隴夾蔬花遠水暉暉日欲斜一片埜光涵列岫
翠微深處有人家

古寺僧窻借榻眠桑柔柳暗乍晴天夢殘一枕春醒醒
木杪鐘聲破曉烟

樂天不廢空門友杜老猶交贊上人茶竈筆床時一到
研譚盡日與僧親

兩度來遊飽看山又回雙槳遡晴瀾山光每恨舟難載

點點染篇章作畫看

山横數里如鬟聳水界千疇似砥平花事已闌農事動

村村雨足一犂耕

紅紫飄零筍蕨抽一年芳事又成休榆錢萬疊春難買

落絮隨風萬點愁

閑到荼蘼花事休婦桑男畝又從頭陽春有脚堂堂去

萬縷垂楊繫不留

亂擘晴綿清畫遲陰陰古木緑雲齊僧窓盡日無塵事

夢破一聲春鳥啼

和占上人韻

易地開山闢廣居靜中妙趣契真如自憐至老無聞達

拋却儒書讀化書

壑下墓松詩

聳壑松林逾百尺幾年培植至今存可憐一日成薪櫵

曾見高曾長子孫

雪山和丹㗊晚春韻

疊疊青山疊疊林風松石澗自成琴个中逈與世塵隔

試問入山深未深

密依林谷遠風埃貞色幽姿不假栽九畹芳殘猶有蕙

光風拂拂轉香來

雨芽初試美於飴尤勝新醅出榨時坐對青山兩清絕

肝脾溢出百篇詩

窮源幾曲徑深長隱隱埜花時度香喬木森森走虬鳳

稚松疊疊散牛羊

二阮當年摠解詩，吾父子亦能棊。家庭粗有消閑樂，未似登山臨水時。

十分花事九分隳，開到木蘭春已漓。惟有松筠助山色，青青不改歲寒枝。

衆植惟推杞梓尊，鄧林翹楚已無存。誰家一樹花浮雪，猶喜刺桐花有孫。

未許歸船轉柁牙，愛山猶戀自山家。牡丹開盡春無幾，狼籍東風楊柳花。

應接山光到夕陽候禽聒聒送春忙年華鼎鼎催人老

將見青青梅子黄

面面青山悦客情扶筇到處有雲生歸來瀹茗陪僧話

百尺喬松鶯數聲

宣妙寺偶成

翠玉光中藤拄杖緑雲叢裡竹提輿幽尋是處堪盤泊

絶勝當年五馬車

滿座清風來古木半窻斜日下危岑觀僧奕罷了無事

一枕凉生冰雪襟

喜晴

積潦初收喜氣浮三農不負稻粱謀臨流一望舒眸目

數疊青巒萬畝秋

和黄山秋吟

錚然梧葉響敲風涼月疏星秋月中萬頃水花渾老盡

一簪醉日倚残紅

珠露瀼瀼金作風秋聲凄怨入焦桐鬖鬖碧樹霜痕染

那復宫題葉上紅

瀟瀟清思浩無涯紅蓼灘頭屋數家小艇尋秋緣葦去

紛紛雪絮訝楊花

從教日日把巫楚無補河流一尺渾甘霆要從方寸出

土龍芻狗不須論

何草青青不漸黄班姬悲扇語凄涼佳人笑别乘鸞女

相見毋嫌日尚長

氣序循環盛復衰花隨春老葉秋飛一年光景消磨半

又見羅衣換葛衣

雨中過秀城

萬井民廬接梵宮鼓聲悲壯麗譙雄人民郛郭渾如舊

烟雨冥迷黯淡中

山中新霽

宿雨初收曉日升晴川遠浸數峯青西風一洗林巒翳

收拾秋容入畫屏

賡沈贊府題二陸草堂

二俊書堂歷幾秋風雲壯志浩難收倘知尊美過羊酪
應迈故山尋勝遊
落木蕭蕭古寺秋翠屏如畫雨初收堂基千載書香在
誰為機雲記舊遊

聞桂

山光水色染秋容天際明霞一線紅冉冉有香來鼻觀
廣寒花氣散晴空

訪桂

行秋徧歷谷之陽粲粲巖花競晚香僧宇盡成金粟界
天風處處散天香

和僧房巖桂

疊金綴粟映明霞移下蟾宮一樹花最好色香俱洗淨
紛紛桂子落袈裟

近吟

泉石涓涓作玉鳴天寒林靜鳥無聲松香一篆書橫几
人與秋山一色清

歷歷疎林點暮鴉幽幽雨砌菊猶花浮雲捲盡四山碧
倚徧喬松待月華

七十三年老病身扁舟于此往來頻吳興故老消磨盡
却認青山作故人

晚年打透利名關十載尤欣老得閒擬約綺園為隱侶
却愁無處覓商山

墳庵碁罷對月

僧庵恰好傍山坳門外幽泉碎玉敲碁罷道人心似水

一鈎新月掛松梢

閱道書

穆穆皇皇九五居舍儒為政豈良圖不思濟世思超世

佞佛求仙總是愚

抱樸含和道俗同寥寥萬代想皇風後來賢智知多少

未似當年牧馬童

詩餘

水調歌頭自適

風雨捲春去緑紫揔無餘窈窕一川芳渚軟草接新蒲楊柳垂垂飄絮桑柘陰陰成幄殷緑正棻敷遷木鶯呼友營壘燕將雛　金蕉舉珠櫻累豆梅腴壽鄉歌舞樽前暫得皺眉舒往事南柯印綬晚歲北山杖屨寂寞笑金吾幸作耆年侶寫入洛英圖

摸魚兒　詠小園晚春

小林巒一年芳事亂紅還又飛雨生香冉冉花陰轉雲壁滿空晴絮遊燕處看樂意相關庭下貽仙舞歌聲緩

度任圓玉敲寒飛觴傳曉未許放春去　閒中趣明月清風當戶莘莘容屋陳俎剪裁妙語頻賡唱巧勝郢斤般斧心自許摒凋景頹齡為鶯儔燕侶同盟會取共花下小車竹閒三徑長作老賓主

前調疊前韻

見春來又將春盡狂風那更癡雨一番芳徑催人老回首綠楊飄絮歡會處有小小亭池止欠妙歌舞光陰梭度對草木幽姿候禽雅奏客至未應去　十年裏冷落

翟公庭户朋來草草樽俎投閒贏得浮生樂肯羨油幢繡斧春幾許任洛譜名葩留燕沓英侶浮榮競取縱帶玉圍腰印金繫肘爭似鶯花主

木蘭花慢　和楚渡賦菊

聚林園芳景盡輸韓圃陶籬任雨虐風饕露凝霜壓叢木離披正色幽香不減與冬蘭並秀結心知天賦花中名節不教桃李同時　清奇秋後尤宜浮卉盡尚芬菲稱處士庭除先生簡冊聲續吾伊便好竹閒松下擅晚

芳長伴歲寒姿懊恨携樽已晚明年來把花枝

酹江月 山中霜寒有作

露葉凝聚夜更長寒壓一床衾重局縮龜藏燈幌悄明滅銀釭欲凍鼻觀流珠肌紋浮粟欹枕難成夢明蟾交映一窻清影梅弄 曉見黄隕丹空但瓊華點綴萬梢森聳橘柚香來分好景書後儘堪題送青女呈工玉妃傳信漸六霙飛動瑞花盈盡看看疊嶂銀湧

前調 和友人催雪

暮雲凝凍聳玉樓撚斷冰鬚知幾今歲天公慳破白未放六英呈瑞瘞馬發祥妖孽應禱終解從人意臘前三白瑶光一瞬千里 便好剪刻漫空落花飛絮衮衮隨風起莫待東皇催趲駕點點消成春水巧思裁雲新詞勝雪引動眉間喜欺梅壓竹看看還助吟醉

滿江紅 寓古杭和南塘詠欲雪詞

屑玉飛霙正堪稱馮夷展布空幾度癡雲凝聚狂風掀舞點點拋揚珠作霰纖纖斷續絲垂雨借銀河剪刻六

花飄天應許　水漠漠斜橋度烟淡淡長亭路望寒莎衰草總成愁緒坡老新堤須好在逋仙孤嶼猶堪去共尋梅止欠雪雙清傾青女

前調　壽埜渡

弧矢開祥喜從此旬兼九日新歲改椒盤獻頌齊頭七十漸入唐人諸老畫可追洛社耆英集有陶潛三徑健吟哦貧而適　摘仙桂探蟾窟歛洪藻歸麟筆總古先傳記譏評得失不朽芬芳垂簡冊浮榮土苴輕簪笏看

年如衛武桀成章詩傳抑

天仙子 前題

搭宅亭園雖不大花木成陰難論價毫端點綴有珠璣竹一帶梅一派明月清風何用買　子子孫孫紆壽絲家慶成圖何藹藹更添三歲古來稀酒滿斝詩滿架直到期頤年未艾

水龍吟 和埜渡生朝

桑蓬掃盡閑愁未應人比梅花瘦眉峯頓展恰如雲卷

北山九縈錦繡腸袖絲綸手駸駸希有博取魏科儒冠於我何負　初度年來年去喜稱觴臘前還又安時委命金魚玉帶儻來斯受傍屋林園撫松對竹共朋三壽且逍遥安樂窩中歲歲進長生酒

金縷曲　壽南塘八月生朝

強半秋澄穆半月弦南極躔高壽星明煜今歲户庭殊舊歲洗盡閑愁千斛沸春夏懽聲相續蘭已種成香滿砌更蕣華得偶顏如玉雙捧勸壽齊祝　郗枝芳映莊

椿緑覺這番初度稱觴桂增芬馥生子生孫從此始賸有人傳祖笏看八座青氈須復兩兩閨中俱秀質待子平婚嫁人人足碧桃下跨青鹿

欽定四庫全書

秋聲集卷五

宋 衛宗武 撰

序

柳月澗吟秋後藁序

二俊既往寥寥千載斯文絶響雖以聲詩著名者亦所罕聞振之揚之厥有人焉老友月澗吟集行於江湖前編固已膾炙人口所刊後藁視昔愈勝雖不無時花美女之艷而自有高山流水之雅約而五六言一二韻亦

造精深吾鄉之士能以聲韻之文鳴於時者也竊嘗涉
獵前輩緒論參以臆見詩之盛莫如唐而詩之工者亦
莫如唐李杜以天授之才闔中肆外窮幽極渺浩博為
洪源巨流雄秀為崇崖疊巘夭矯為龍驤鳳躍變幻莫
測固非後學可到其他善吟者或以平澹或以豪逸或
婉麗而清圓或醞藉而閑雅以至尚寒苦務奇怪凡負
尺寸之能擅一偏之美靡不揚英於時流芳於後前輩
之說曰不強所短而握焉不棄所長而畫焉故各得以

名其家豈不信然學詩而至於唐其庶幾乎然能言之士皓首鑽研而不能企而及之或至於失邯鄲之步而近似者葢寡月澗其善學者歟今以篇章參校互攷非但得其筋骨而精神風采具有之矣始若優孟叔敖之莫能别而無里婦效顰之羞伯諧仲諧之不可辯而無侍婢恨小之愧雖置之唐人集中不謂之唐可乎雖然學唐而至於唐希之是矣進進不已豈止襲唐諸人之迹安知不優入風雅而機雲又豈足伯仲哉月澗起予

以吟什顧無以酬遂書此以貽之且勉之云

錢竹深吟藁序

竹深錢君襲素侯之基緒而能自拔于綺襦紈袴閒刻意文墨雖閨闥左右牙籤華庋書史錯陳他好澹如也惟植竹於庭日吟哦其閒始傳示所作班班然唐矣及閱已刻之編亦多倣唐幾于象龍而可駭葉公畫虎而能下馮婦于車者也嘗熟味而細評之其氣蕭瑟其色碧鮮其容嬋娟聲琮琤如鳴泉濟濟如君子昂昂如丈

夫壹猶竹然每怪其庭竹無幾而扁名以深似未稱其實者讀其詩而后知非謂其竹之深乃吟之得于竹者深耳今錢君釋逢掖而被袈裟棄丘園而入林谷所見所接何莫非竹則入于胷次奚啻渭川之富使肆諸外而融于筆端其精到絶俗又詎可量哉雖然后土序參寥之集其末云貫休齊已以軼羣之氣高世之志而為石霜之徒終其身此豈徒用意於詩而以工拙為病也竹深亦既僧矣僧而厲僧之業則章句抑其末爾昔有

因擊竹悟禪而作祖者當無遜焉能如是則所得于此君者益不淺矣不然輕舍儒而從釋寧不貽此君寂寂之笑錢君遺予吟集若有為焉爰書此以答其意

劉葯莊詩集序

余自毗陵投紱賦歸垂三十載江湖之士鮮有跡其設羅之門者越之葯莊劉君不鄙過我委名于閽人者再躡屐出迎衘袖有贄嗛焉莫當既一再賡以酬其别無句飛械挾吟編而來將以取正焉吾自揆非能吟者抑

豈他有意耶古之人絺章繪句以擅名于當世後之作者為之序非故交則門人又否則誦其詩味其辭敬慕油然于中而發揚贊美蔚然于外不能自已者也今則不然凡遺興于風雲月露寄情于草木華實有片言隻字之長則必屬諸人侈大張皇以求聞于時而其人望實足以軒輊人物則亦不敢不徇其情茍矯世咈情則咸謂雅量不弘不足為詩人表厲流風靡靡循襲者衆葯莊則異於是然雖不言顧獨能免俗乎會稽嚴壑之

秀甲於東浙曩嘗登小蓬萊探禹穴泛賀湖知山水之勝鍾為人物晉宋以來文英輩出不暇遠引近世如放翁陸疏寮高諸人瑰辭瑋句流光簡冊而芳風游塵猶能熏染後進故今之以詩名者錚錚葯莊其一歟竊窺所作古體勝五言五言勝七言縱未能方駕前修亦幾近之儻歩驟古作益加刻厲則追蹤于許渾賈島可以及鮑謝殆無難者顧何人哉希之則是正何待借辭於人以增其芬芳長其光價哉予田埜陳人姓名不耀而欲

以瑣瑣之辭題拂而纅藉焉多見其不知量也雖然名聞不揚交友過也其可恝然于交義乎敬為之書

陸象翁候鳴吟編序

士之能以文藝名世者繇夫立志之專而學務其本蓋志不立則悠悠于歲月之流汩汩于事物之逐而何藝之能成學不知所本則擇焉而不精博焉而寡要又安能遠追古作而超軼時輩哉詩之為藝約文成章韞精微于隻字之間寄玄遠于片言之表漱滌萬物雕刻衆形

墨士騷人代所不乏而語其至妙則曹劉顔謝有未造其極者古人謂詩未易言豈不信然鄉友陸象翁文盟巨擘也一日酒邊相與譏評文字爰及吟編求益於予予豈能詩哉姑應之曰學詩如學仙時至骨自換此後山詩也作之不已自到聖處未逾時見之酬唱則為龍山之孟嘉矣未逾年玩其題則非吳下之阿蒙矣乃今袖出巨編至于三四其間芬芳翹楚秀句層出使予若季咸之見壺子不覺辟易欲走矣如賦梅花等作補亡

拾遺撫今慨昔有前修所不能及者吁何其敏而富且工耶察其所以則自其志于詩也孜孜切切凡物象事為之所感觸憂憤懽虞之所陶寫唱酬題品之所發以至飛潛鳴躍夭條華實假之以程形取象而試其巧課其能者物之吟呻手之推敲心腹腎腸之掐觸靡有一日之停一刻之息特其念慮無鴻鵠之將至而猶承蜩者之惟蜩翼是知則夫成功之敏豈不由立志之專歟是則然矣苟志之徒立而學不足以傳其成則淺陋鄙

俗亦奚足觀蓋其嗜學也有素淹貫于經史博綜于羣籍至虞初稗官等書亦無不閱閱必強記弗遺而所專攻則在于三百五篇嘗以是策雋詞闈而魁擢鄉選矣其於六義固所熟講而美之所以為刺怨之所以為親思而不貳樂而不荒又皆洞究而得其藴奥舉而措之章句何有文公謂三百篇詩之根本學知務其本矣吐辭成文則柯葉暢遂英華敷舒自不容掩其思之湧則若泉浚其滔滔汩汩來不可禦人患其少已厭其多故

不自知其為之之易至于千有餘篇之富雖不求其工自不得不工也有本者如是歟雖然詩道難窮學法無止儻如是而遂畫則為象翁今日之詩已爾魏晉以後之詩已爾日新又新功深力到又將薄風雅而集大成此予尤欲其不自為足而加勉焉若編之表以候鳴則何其自貶之過將為候禽之鳴春乎抑為候蟲之鳴秋乎二者不出林薄草壤之外皆鳴之瑣瑣者也象翁志高學茂才識過人而年未邁使與時偶豈不能以其聲

詩被於絃歌合於韶武薦之郊廟以鳴治朝文獻之盛顧為斯鳴乎以是自況蓋嗟時之未遇耳時乎豈終于不遇哉嘗慨吾鄉自二陸以來文聲之鏗鍧者無幾象翁其苗裔歟華亭鶴淚復振清響不徒為名宗有人喜且為鄉邦有人喜屬予為序與吟章並傳抑所喜者爰筆其說于篇首

張石山戲筆序

靈而為人苟非方寸如死灰四大如木偶不能無所好

輪扁之斵由基之射宜僚之丸蘭子之劍莫非好而為之者皆戲也方其好之也則為物所戲久之而心與手應手與物忘出奇入神左右逢源而物反為我所戲矣然人之一技一能由戲而入者有矣未有以戲而成之者也故孟氏云弈之為數小數也不專心致志則不得也斯言信哉士之于文何以異此詩者有聲之文也石山張君以雄辭傑作馳騁塲屋而斂其鋒鍔於吟咏集以成編名以戲筆夫以宇宙間事事物物牢籠于胸次

頓挫于毫端以之簸弄娛悅撝訶嘲笑美刺抑揚一惟吾意可謂善于為戲者矣然觀長篇短什若靄靄春雲之多態迢迢秋水之無涯皆匪卒然之作是果戲筆能之乎竊意石山於其始也豈能免推敲之勞煆煉之工而為詩所用習之熟之於是弦鳴雁落及往牛解而橫斜顛倒詩為石山所用矣得不謂之游戲三昧乎則目之以戲筆宜也雖然詩可易言哉石山能因其所已至益充其所未至不以戲豫之心乘之則功深力到超然

遠詣而顔謝郊島不足方駕昂昂立李杜之壇矣夫子曰吾見其進也未見其止也予於歎詠賛美之餘復為石山勉

葉楚渡筆義序

夫子曰隱居以求其志行義以達其道所志者何道與義也士不可一日而忘道義未仕則思得時行志以究道義之用既仕而志與時違卷而藏之則亦思以擴道義之蘊故達則推其義而施于政窮則陳其義而托諸

辭均所以發揮乎道也古先諸儒傳經著史凡皆以此豈惟其然上下歷代行事考其本末覈其是非得失邪正誠偽而折之以理亦足以正人心而輔世教則其於道豈曰小補斯筆義之所繇作歟即其成稾觀之閎深溥洽辭達理融或因前輩已言演其未盡之旨尤有所發明而燦然不見其同或自立意見率前輩之所未及而卓然不苟於為異有考訂有援據有辨駁非特泛為之說槩與大事記相類如謂義帝惠帝之當立紀孔子

世家之考述未詳季子一讓而四端具偉論也若此者未易殫舉豈區區末學小聞之所能至哉噫此埜渡晚年筆也方其發策決科舒翹官路將大展素抱著于施用吾黨亦僉期之而摧挫困抑卒不獲信其志業乃大奮勵於篇章當留滯他邦也寄予以散辭韻語迥異尋常固已目眩神竦心口相語謂唐人夔州之吟潮陽以後文也及歸而馳聘唫哢日進日新又數年出示此編則霜降水涸刋落浮夸而歸于典要矣此書儻先十載

而出則或猶不能免徼聞達媒進取之疑惟見于十載之後則純乎為道義耳使壯歲而飛騰光顯圭組車馬陳於前鐘鼎金玉以為奉固可以遂耳目心腹之欲而所得能幾今已滅沒無餘而筆義有不暇為逮夫彈冠念絶阨窮已甚而胸中之書愈多識愈明業愈勵而筆義迄于成以鋟諸梓當與前修簡策流芳絢彩垂於無窮以此較彼相去何啻徑庭夫子昭示隱居之訓且繼以未見其人蓋謂為士當爾而慨人之未必能爾也埜

渡其無忝聖言則亦無負所學矣太上立德其次立言又曰有德者必有言言能配義與道雖未至于立德亦有德之言夫予與爲友至皓首獨弗克以膚寸之能表見于時於德言尤所歎孔門疾沒世而名不稱者愧埜渡豈不多乎爰書其編以寓歎羡之意埜渡名汝舟字濟川姓葉氏埜渡其號也

謝東莊詩集序

東莊豈江左名相之裔與挾萬八千丈山之秀偉以詩

頡頏江湖間頃于酬唱窺豹一斑矣今出其平昔所作編刻成集者示予若有所屬意焉覩巨公勝流題拂參錯累數十紙何暇乎氏名眛眛者之贅辭然請之勤勤辭悪得已東莊之吟刻畫風景藻繪事物與人無異而坐上孟嘉又有不盡同者不暇章舉而句述要是以厥考篇章冠之帙首故諸公無不更贊而迭美因嘅夫士之負寸長以求聞達于時者知所以顯其身而莫知有以顯其親能使其身之名傳而莫能使其親之名並傳

皆非真知有親也東莊不沒其父之美而昭揭其所比興于前仰喬俯梓將使俱垂名於不朽是真知有親者矣則其鉤章棘句之外又豈不大異于人乎昔黃太史鑱亞父二詠于星子灣跋曰先君平生刻意于詩欲錄已所能以揚親之能蓋合此意而近代詞人指周六周七輩能登第而不能收拾父詩為不滿則安得不于東莊三歎

谷泉上人詩集序

谷泉上人以詩鳴于邑而懷珠韞玉良賈若虛雖初發其秘而其聲遂訇磕乎江湖間予于賡酬之次窺其顛異而未覩大全及閱篇帙之富如入崇愷之室而珍玩陸離奪目駭心者錯出諦觀熟復長什短章明潔而敷舒情深而閑雅淵然其光悠然其韻若次山中雜吟暗香十詠等作一一皆有理趣而唐體尤為逼真蓋師之究極梵典敷敭奧義以法筵龍象之緒餘而娛戲推敲又能獵吾儒書傳之英華以發揮之宜乎不求工于辭

而辭之工自不能不造乎理也辭而根理雖微風雲飛動之奇時花美女之艷而太羹玄酒自有真味否則雕鏤絺繪誇多競巧斯焉取斯故序長吉之集者千態萬狀曲盡形容而猶欲其稍加以理以寓不滿之意明道目顔謝徐庾輩為流連光景而陶不及焉其亦以陶之作冲淡而理勝不可同日而語夫谷泉禪觀泓澄至理融徹談笑咳唾取之逢原使功力深到章句之妙當入聖處聰殊不足班也竊慨吾鄉之學詩而能者無幾能

之而名聞于時者又無幾僧而有能詩聲如谷泉或行如谷泉者尤無幾于是書其編末以志喜云

秋巖上人詩集序

上人頴然爲叢林之秀于研精宗旨冥心觀想之暇而獨嗜吟僧之工于吟者蕃于唐而演迤于宋師其爲燕本越淡乎瑟聽寥殊乎鈎章棘句浩已成集雖舂容之篇淋漓之筆未及徧閲而五言七字嘗咼一臠句清意圓而疏越騷騷廹近前輩亦今盆盎之罍洗也觀古人

評詩率皆引類取譬以狀其情思體製氣象故有以流風回雪落花飛草為喻者矣有以水之遥遥春之盎盎為喻者矣而近世文士品歷代名世之作自幽燕老將三河年少以下莫不各有其目蓋不如是則無以覈其精微究其功力所到師之以秋巖名豈亦以篇章之旨類乎是而以之自況歟抑將于是乎求合而期進于是歟夫山之為巖也四時競爽而惟秋尤甚金行既肅草枯木落林薈叢鬱若雉若獮而奇姿英質始披揭呈露

或玲瓏而瓌奇或突兀而雄傑斷劔植壁飛梁洞室神刲鬼劃千態萬狀不斧不鑿而有自然之巧拂濯以高風零露映帶以明霞霽日而飛湍流泉喬寮怪木又為之點綴潤色神秀濬發使目遇者懷抱冰雪煩滯盡滌吟而至此亦庶乎其可矣未至焉則當勉之已至焉則當行而充之及夫造微入妙超詣乎沖澹之境沉乎太虛之不可控摶杳乎真空之不可擬議斯集乎詩之大成而非區區事物可得而名言矣必如是後謂之能詩

上人此編將以耀今而垂後也當屬諸名筆以發揮其辭藻僕豈能言之士哉然命之言欲無言得乎於是以師之所自名者為之說書于卷首

趙師幹在莒吟集序

文以氣為主詩亦然詩者所以發越情思而播于聲歌者也是氣也不抑則不張不激則不揚惟夫顛頓困阻沈阨鬱積而其中所存英華果鋭不與以俱靡則奮而為辭琦瑋卓絶夐出尋俗而足以傳遠屈之騷宋之九

辨荀卿子之成相佹詩賈太傅之弔湘賦鵩皆是物也故少陵之間關轉徙而蜀中之詠益工老坡之擯斥寥落而海外之篇愈偉其他未易枚舉莫不以是得之譬之水平波緩流溶溶洩洩未見其奇也洪源巨川風撓石擊洞潏震蕩而水之奇斯見詩猶是也黄巖帥僉趙君某予懿親也舒翹帥幕聲稱藉甚恨未之識比與槩親箇軒不遠數舍下訪一接謦欬已目其小異及得其所集吟章諦觀熟玩輸寫其流落患難無聊之情而怡

然有恬愉閑雅之度如書懷紀夢寄友等篇莫不理趣幽遠其味悠然以長幾廹古作非胸中有書者不能為亦非淺之為章句者所能到也所謂末榮前蘽恨不及見今此諸什自叙謂無忘在莒蓋大篇短章一出於歷變履險困心衡慮之餘其視先賢之英華果銳不泯於中而形著于外者同出一轍宜其辭之不求異人自有以異夫人也前輩謂詩必窮而後工又謂窮苦之辭易好其信然歟雖然郊之寒島之瘦惟其以窮阨終故僅

以此名世君方妙年而筆端英邁已若此其進其止殊未易量而晦光窒通斯文亦豈久于湮鬱者他日以典麗宏雅之作瑞乎時郊焉廟焉而被之金石絲竹編之有太常紀之有太史上與猗那清廟下與漢唐歌頌等作傳于無窮斯無負于吟則今日無忘在莒之集豈止為郊島窮苦之辭而已乎歎賞不足喜笛軒東琳之有人遂書其説於編而歸之噫笛軒逝矣使先一二年氷玉聯輝而來踐盟鷗聽鶴之約僕得奉以周旋酒邊話

次評論古今人事之升降離合騷人逸士之優劣醇醨東訪海若縱一葦以觀四極之浩渺望曾城九重縹緲何所問文治之盛雅頌之興日洗其積身滯思豈不快哉而逝者不可作矣予亦耄矣而倦遊徒重為之慨歎云

陳南齋詩序

南齋嗜吟曩于陳玉峯唱酬之次窺豹一斑別既久一日過予出所裒摭吟藁若有意焉者竊謂士別三日便

當刮目矧數朞之遠是必有以異于疇昔留之玩閱幾徧猶夫庶羞錯陳而寸臠之珍可以適口羣葩間遝而孤芳之研可以悅目古人蓋有以一聯一詠而名于世者辭之警拔豈病其小如或不工多奚以為南齋台人也台山萬八千丈之峻拔雄秀鍾于氣稟遊于吳而觀諸海茫洋澎湃不知幾千萬里日月風雲之吞吐黿鼉蛟龍之出沒珠宮貝闕之變衒有無盡攬而得之眉睫融之胸次當肆而為長吟巨篇卓犖宏偉如李杜歐蘇

等作豈但瑣瑣局縮於賈島許渾聲律麗偶之句而已乎果能擴而充之進其所未進不止于其所止則大書深刻豈不足以追古耀今而垂後雖無假人之序可也僕老矣筆墨陳腐姓名不章又安能闡揚佳什然可恝乎其忘言哉儻因吾言而加益焉將見精辭妙語層見疊出浩乎若決江河而莫禦尤異夫今日所觀者歸是編也爰書此以為南齋勉

李黄山乙藁序

吾友李黃山儒林之秀文場之雄斂進取之辭藻歸於吟詠而一章一句俱非草草之作步驟古先橫驅遠騖而直欲追及之非才之良學之洽不能也前輩評詩之難謂一絶尤于五言五言尤于七韻蓋以其字約而理融句精而趣遠有長吟累辭所不能到者是則然矣鋪張發揚開闔旋折思窮氣竭蓬蓬焉而起汩汩焉而流滃滃焉而族振厲激越敷餘汪洋布濩浩瀚出奇用正變衒錯陳以成舂容之篇顧不難歟故予嘗謂短章猶

深林孤芳遥岑寸碧固為奇觀而意匠之纖巧者率能之大篇則萬花競春千巖挺秀要非才學膚浅者所可為然昔之能詩者蕃矣多莫得全美何哉尺短寸長要不容强齊耳黄山乙藁長言居多而歌行辭引古詩之流壹倣前代作者體裁氣象往往逼真蓋其博學强記而才思又足以發之故為辭疏達而幽深宏肆而醞藉古體理勝近體語新而古樂府尤工何異貫纍纍之珠屑霏霏之玉昔人之所難全可兼而有之矣非有三千

首五千卷融貫胸次而溢出焉能至是哉詩祖于李陵其後如白如賀如商隱輩出而盛于唐流芳接響蓋有所自獨我宋善吟之士譜牒鮮有同者非無也名不顯耳朱文公謂國家文明之盛前世莫及歐蘇南豐擅名當代而于楚賦未數數然為是不滿今黃山復能模寫唐人而切似之雖未及方駕前古其殆庶幾使勵之而愈至研之而益精又奚止繼宗英之華躅而豈不足補盛朝文典之闕歟蔡中郎有曰吾為碑銘多矣惟於

郭有道無愧色予序此編亦云

林丹嵒吟編序

古之能賦者譏評古今嘲弄風月刻畫事物以之抒逸思暢幽類紀盛事賛太平或以典麗或以閎雅或醞藉而精深或俊邁而清美茍負所長皆足以蜚英於時流芳于後而不可無學無學則淺陋鄙俗而詩不足言矣尤不可不善用所學不善用之其失均也畏友丹嵒自泠泉一絶雋永人口而詩聲振撼南北是特囊頴之露

耳及得全藁而玩繹之如入積玉之圃而瓌奇錯出眩目洞心律五言七言追唐擬古近選而長篇有三峽倒流萬馬奔軼之勢合衆美而兼擅之偉作也盖其于經子傳記歷代詩文以至九流百家稗官梵史靡不誦閲腹之所貯手之所集殆成笥而充棟矣肆而成章皆英華膏馥之所流溢而尤善于用故自不得不喜也使淺學者見之孰不駭汗辟易豈江湖能賦之士可跂而望其後塵哉昔蘇黄以博極緒餘游戲章句天運神化變

衘莫測多後世名儒注釋所不及知者此藁亦何遜焉詩者文之流也丹嵒既以健筆雄辭頡頏時英而預計偕矣韻語又奚足浼然嘗論坡翁有和陶篇槩亦相類而卒不如優孟之學叔敖何也靖節違世特立遊神羲黄蓋將與造物為徒故以其澹然無營之趣為悠然自得之語幽邃玄遠自詣其極而非用力所到猶庖丁之技進于道矣詩云乎哉坡之高風邁俗雖不減陶而抱其宏偉尚欲有所施用未能忘情軒冕茲其擬之而不

盡同歟今丹嵒功名之累已掃除復能刋落所學而潛心於道則陶可班矣予既歎美其已至又將見其進于是焉遂書其說于篇

代士友叙餞行詩序

為人子之樂莫大於有位以顯親為人親之樂莫大於有子而從仕蓋有位則得禄以為養一甘旨之雋永焉一絲縷之衣被焉皆君賜也以君賜而為親奉亦既侈矣然猶未也有惠利以及其民有聲聞以大其官使國

人起敬起愛起譽以其歸美於已者遷美於父曰有是子由有是父也靡不贊誦而爭慕焉則其親寧不碩大光榮而為子之樂當何如有子而從之以仕豈直服用飲食嗜欲游觀燕笑之適以屬厭其耳目口體而已乎奉法施令有以宜夫人則曰職舉矣宣風展義有以善夫俗則曰教修矣信吾兒之能了官事矣繇其行于一州者知其可推而行于一道達于朝廷布于天下而德善功烈之著見殆未易量則豈不惟子之是懌是予而

為親之樂又何如人世之樂固多矣孰有加于此樂者哉郡掾某膺時妙年紀綱一州來惠此土而能以政得民可使乃翁之尊顯省郎某載駕綵軒遠從宦遊而能於政觀業以覘厥嗣之聞達咸有契予之所云仰喬俯梓樂其所樂歡欣交通意氣融洽考甫書再而省郎翻然賦歸問之乃曰吾猶有親在焉白雲之思浩不容遏是歸也為慈闈之奉而且循故轍入省署以彌綸庶務導宣利澤焉又將致其身之榮者為母榮致其心之悅

者為母悅則是樂又惡可涯涘乎固宜郡掾挽之而莫留而亦欣然贊之歸養祖酌之次周旋酬酢吾見其融融洩洩而無分携悽黯之色是由情遂而意得也陽春熙熙芳景菲菲花柳送迎揚鞭載馳時惟其宜先期差穀建旆將北冠帶之倫繽繽紛紛交餞于途而歌誦之以大篇長吟者其來如雲其束如輪猗歟盛哉溢前之聞咸勉予屬辭以叙其事顧豈得辭爰援筆而述之以文

為吟友序餞行詩

錢塘吟社光價遠揚幾使江浙傾動其間筆力雄邁可相頡頏者指不屢屈湛囦其一也以南北列屏江湖襟帶猶未足以供吟料尤欲取之平川大陸縱一葦以窮勝槩暢幽情乃歷鴛湖至鶴鄉將問盟海上之鷗爰及吾門灑落醖藉一見令傾家釀謂前無此客就出囊錦既艷而雅眩目駭心謂前無此作其來也騷人墨士遺以篇什卷纍纍其如囦其逅也亦然自非有以動人悟

物其能使之歆羨贊美悦服不索而獲如是夫斯遊也異夫人之遊矣昔昌黎為唐人祖餞詩序當代之膺大任都顯次位望勲庸表表者居多白君韞抱才美視唐人奚遜而切切然僅以風雅鳴君其不遇時耶抑時之不遇君耶白君守儒也不肯枉道以徇俗榮禄又何足浼然則時乎時乎豈遂已乎蠖屈必伸龍蟄斯奮當不止以詩名世而已也余既以五言志既見之喜無以藉其歸輒自不揆叙勝餞將送之作以寄其拳拳云

記

重修義塾建夫子祠堂記

九峯義塾建于咸淳乙丑初扁以書院屬郡邑書院悉隸於朝調第進士者為之長竊稽往古合二十五家子弟教于閭之左右謂之塾遂以塾名不敢僭也塾故有宣聖祠祠因人之廬而立規制卑隘歲久且敝顧不足以聳聽觀歷悠遠是究是圖乃堂乃構易新去故視昔崇敞翼以兩廡表以重門畚土以益外墉疊石以廣前

堤而夫子之宮墻始肅創開講之所于左爲游息之軒於後上樓下宇齋闥庖室壞者修傾者起缺者補增築垣墻爲丈二十有八而甗甃蓋塗塈其舊者加倍而師生之廬舍始完是役之舉以至元癸未季夏告成于甲申仲秋棟梁榱桷方圓曲直之材由尺以至尋丈皆自已給范金合土鳩工募傭之費縻楮幣九百八十餘兩皆自已捐義廪助米爲石五十有奇幣餘四百始塾之創博諏上庠名彥延以爲師懿範相承芳躅相繼邑之

羣弟子于于而集冠者執經而問難成童佔畢而吟誦朔望有講說春秋有課試且歲合邑之明經能賦之俊彦校其優劣第其高下而旌别以禮於是各精所肄多爲成材一時之盛蓋彬彬矣比數年來師模雖設而户屨無幾流俗之論卒諉于時嗟夫道固有時而汙隆學豈視時而作輟道不可一日而去身則人不可一日而廢學學者淹貫乎詩書服習乎禮義砥礪乎節行而發揮以辭章業儒儒矣希賢賢矣及夫德進言揚出應時

需則推所學以開泰治昌斯文使吾道功用振古燿今
悳天下以及方來此所以為士而士之所以為學也茍
不知自修而選舉以孝廉則矯孝廉以應之以文辭則
競文辭以應之以行義則飾行義以應之是不過趨時
好以徼利達士非其士而學非其學矣塾宇既新遂遠
致前釋褐榷院徐君唐佐正臯比之席以嚴師道仍近
取文行俱粹之士輔之以淑小學俾入塾者不徒務多
聞博識而明夫修已治人先之以入孝出弟而至于窮

理盡性異時達則建光明盛大之業以葦前修窮則究廣大精微之旨以繼絶學千古盛名高山仰止九峯屹然賴以壯觀則此塾為不徒建矣是以做而必葺而予不敢嗇費也或謂學乃祀先聖先師今塾亦然得無瀆乎曰非瀆也報也本儒道之所從出猶耕先穡桑先蠶也古帝王之道興治而闡化而夫子以道輔治而立教化行于當代而教垂于無窮雖家有其祠可也有若云以予觀于夫子賢于堯舜遠矣而孟子亦曰自生民以

來未有孔子豈溢美哉然則塾雖小惡得而不祀是塾也嶰峰先生既紀其創始本末於前愚不自揆敢書其營繕歲月于後作而興之尤有望於後之司是塾者

修建宣妙院記

松江本華亭故邑今為郡縣杭而下逾十舍平疇沃埜無丘垤介焉至邑之西北突如其峙為山九惟佘山宏袤旋折為諸山甲而西南一峯尤雄偉豐博予六世祖宣義公亮藏焉橫枕坎岡左挿右抱前旁列而相向中

聯拱而相直其下有丘如印之銜清漣縈回如磬之曳地理家見謂擅風水之勝宣義仲弟泗郡博士附窆右隴形勢槩相若高祖仲達仕崇寧迄禮部正卿泗季嗣胥敏建炎終禮部卿貳詎非其驗歟冢故有庵治平改元請院額為宣妙循是土宇增拓壞必植敝必新皆先文昌及諸族相繼給施有興無隳及寶祐開慶主僧更禪不常且非其人棟橈楹拔前傾後壓幾及湮廢宗武時自毗陵假守歸易置住持正懌繼以允慈首急修繕

捐費易材補新葺舊廢者復完初闢庵為院規制隘陋猶庵也於是架樓以懸追蠡築室以廣方丈其始也鑿山夷險改創法堂更新正殿承以前軒其次也益土拓基展修兩廡建山門繚以外墉又其次也廊先有西方殿像皆裝塑致自汴京嘉定初寺丞位先伯祖母某氏撤新而增衺之旁列四寮以居懺僧咸淳甲戌遂於東南復建懺堂十有二楹為僧徒講誦之所以致兩殿之間像設供具靡不嚴飾由經始以來二紀治平迄至元

乙酉歲二百三十有奇而院乃宏深崇偉粗易舊觀雖費鉅用浩率出已有而允慈殫智畢力以鉢勝之餘故迄于成伯祖母元捨田二百餘石贍僧以修永期人亡事寢田反其嗣爰諭以理復割其田之一遂益以前置鄰氿田十石改為歲建日懺費不足則計而補焉前後撥舍田二百餘畝而為租若干步角升龠具載碑陰並為歲修懺會之費工役方殷租入權以濟用歲懺不克常舉由今建會歲舉可也老夫耄矣主是院者能循

而行則懺會可不闕修間以循土木之急壝院以時必葺無適無莫也噫依憑教法洗滌根塵惡所宜去也苟徒事空言猶醉者之止酒而違戒則去惡乎何有見作良因未作福果善固宜為也苟先務媒利猶賈者之蓄貨以取贏則為善奚足云凡予為是修廢起墜而不遺餘力者非求消不善而規為善之報也慨念祖功宗德不能使後裔常盛而佛剎可依像教而至久此會不替此宇常存則庶克壽墓域於悠遠職此故爾然有形皆

敝無法不空律以釋典則為如是事作如是思皆妄也雖然使吾此誠感而遂通必有陰相之道而子子孫孫善推此誠繼繼無已則自有不敝不空者存謹毋以為妄而勉之哉院徑之右有栢挺然修幹繁柯龍蜿鳳舉相傳謂雍熈至今三百年矣壯歲常賦七言併刻諸石後之視今加封植焉

玉宸道院原一堂記

道一而已冲漠無眹兆于太初形生氣化散于羣有聖

人因之以建人極垂世範賛兩儀之化而成其能遂萬物之宜以布其利根于命謂之性衆性出焉乃立教以順導之而歸于正動于欲繫乎情衆慝萌焉乃立政以嚴防之而杜其非古者所以同民心而出治道莫能易也是道也帝王之道也儒道也帝王之世儒之功用光明卓絶而隱于無名木鐸振于夫子而儒名始彰老聃生于周為柱下史夫子自魯駕而問道焉又從而問禮焉謂非儒不可也其著五千言說者訾其尚道德賤政

教與儒不相謀噫是末溯其源耳蓋自惟精惟一之傳既遠上之道化微下之情偽熾違行而取仁先利而後義禮至于慝樂至于淫風靡瀾倒愈變愈下駲也思欲得古聖人功化密融于無聲無臭之中使夫人丕變于不識不知之際反其大樸之天以還邃古之風遂為是憤世矯俗之論而不覺其激也孔子不云乎禮樂則吾從先進其亦救獘之辭歟今觀其言養生修身去聲色賤貨利戒窮黷貴慈讓與儒不殊而所謂得一以貞即

貞夫一也無為而無不為即寂然不動感而遂通也我無欲而民自化即意誠心正而天下平也安有異旨哉故魯論軻書斥隱怪距楊墨而無片辭非詆老氏至子雲昉有搥提絶滅之譏及昌黎河洛諸儒目為異端與釋並言其故何哉良由學仙者盡誘其說于老氏末流之獘雜以方技詭譎幻怪而宗旨吾道乃不得不隱同斥異明有所尊理勢然也然其論道窮元造微未易探索而近不遺家國細不棄民物漢之君相法之成一代

之治是詎可以仙術槩之哉是以朱文公嘉與之謂文帝曹參得其皮膚伊川指谷神一篇最佳涑水註道德論而后山亦據古說謂闗老之書本于六經微言至論要不可泯惜乎其辭之憤世矯俗雖少貶于儒而道則無二也余束髮誦經史暇輙窺其書久有志焉繇毗陵歸以先廬為考妣祠而於中祠老子猶欿然以地臨闤闠不足徠寄玄棲白之士歷紀且半乃卜佘山西隅倚高臨清呉建靖宇為楹逾百殿以奉天之主宰焉閣以

奉三清得氣之先者焉祠以奉祖考上至高曾存報本反始之敬焉為堂一納老氏之流混而處為室四迎儒士之侶列而居堂之左右為複宇以位主副閣之東南為聮屋以肄職掌首之崇宏翼之邃廊貫之中廡殿以明軒周旋有地燕息有所廩儲庖湢澡溷有舍墠壇垣墉靡不具體經始以己卯之秋落成於癸未之夏閣之下宏深軒敞建齋藏事率于此集扁以原一取道原於一之義使知道者擴而通之繇少思寡慾見素抱樸以

至歸根復命儒猶是也自懲忿窒慾閑邪存誠以至盡性至命老亦猶是也夫如是則此心混然太極與道為一而齊人我忘得喪等生死于晝夜能事畢矣奚必上曾城造縣圃如先儒所云下視人間猶甕盎而後為高哉苟徒校是非辨同異紛紛與物相刃相靡借拘儒之說惟世欲之徇而以肖天地之形同草木而腐則寧不負此生耶予負有生者也因記歲月爰筆其說勸諸琱為學道勉所割原田給院之衆為租七百四十餘畝而

贏經費繕修咸在焉鄉保畝步詳載副碑為吾後者續廣可也雖至困乏謹毋覬斗斛尺寸之取又繫之以為子子孫孫戒

墓誌銘附塔銘

府判中奉洪公墓誌銘

公諱應辰字用和本居浮光之固始亦鄱之派也曾大父真大父皐父杞贈中奉大夫母楊氏贈令人鼻祖來自淮刻勤攻苦積銖累寸以有其家而能裒贏振乏煦

寒飫饑不吝捐費聞者謂洪氏其興乎中奉克廣先業門閭始大長子應元兩請漕舉幼子應午縣勳戚入官需次聲職俱先逝公次子也方成童與羣從序立道周善風鑒者過焉曰此佳兒也他日必昌而家公挺質秀異在師不煩通百篇義與兄俱以儒業著名人號二難初中鄉貢亞榜慨不足以發身成志乃遊京泮頡頏多士之塲課試每占高選既而龔兄故步與薦漕闈越歲邑令楊公瑾以禮羅致之邑庠前廡令每歎謁先聖病

宮庭齋宇之相附屬非所以崇廟貌肅羣瞻將草而新之公建議脗合遂易故基創正殿立講堂各闢門廡規制視昔宏麗度材闢地靡不輸勞以至更造器物以飾禮容帥先捐田以裨學廩逮今利賴丙午復預計偕庚戌策命常第初調鹽官簿淮甸剡辟句稽虹縣秩滿升辟帥準舒翹幕府研發頴露見者刮目攝政泗水崇德程藝以陶成士器衆譽翕歸當路交章舉闗陞者再舉籍者五不曰有用之學有用之才則曰器識凝遠志節

清修後村劉中書以講學精深持身修潔舉備顧問名達推重往往若此製邑新城政尚平易不務嚴刻再書考最休譽藹騰富陽寨卒羣捕米商鬭死者累十縣宰以嫌辭避改委鄰邑弗能決公至喟然曰運米徽利者貧民也挾禁攘利者捕卒也旅店販夫何預焉遂直其寃全活者衆歸途過門相率迎于道泣曰非賢令君吾屬無遺類矣羅拜而去繼辟淮西機幕旋升滁貳閫檄覈浚築申牘明直隨以責歸未幾奉祠仙都增闢城南

故廬自號鶴隱日與里社文友壺觴吟詠謂不作彈冠想久之時宰以舊幕客俾倅會稽命下喜語人曰小蓬萊昔恨雲氣之隔今為岸幘司馬登嘯其間以撫晉賢遺跡亦吏隱也皤然而就闕決兩載奉公不撓備殫賢勞倦遊賦歸而時事異矣公乃杜門蟄跡謝絕人事惟繙繹古書訓勵子弟時過丙舍棲幽潛深盤泊林埜以自娛適家事一付其子時閱内典有得嘗作偈云雲兮為身月兮為心寓言曰隱時至即行人多傳誦以為達

觀康强至老飲啗不衰疾之日無甚苦召子若孫戒以謹儉持己悠然而逝公明允謹厚孝于親悌且友交里閈朋儕謙而敬家庭唯諾閨門雍穆郁如也不苟取予不妄施而人有急難鄉有義舉則捐資恐後莫不誦其賢以詩書為政不求赫赫名而令修訟平民懷吏畏莫不稱其能歷所居官氷蘗一心去如始至為鄉土寄外事不預吏汙無染而莫不服其廉惟祖之邁種者厚故及公之身而得名得位至膺邑國之封由身之善積者

加厚故備饗用幾耆頤而以考終前作後襲機應氣隨天人感孚之理固如是夫予同丘里仕前而年後公俛而交久相親悅方嘆老成之無復見府掾孤以日迫請誌其墓辭之再且力一夕公見之夢辭氣如生盛服致恭若有謁者至旦而其孤已及門矣爰次其出處之槩而為之銘公生于慶元丁巳歿于至元癸未五月二十六日壽八十有七積官至中奉大夫華亭縣開國男初娶錢氏繼張氏並贈令人子三多福前承信郎江東運

準娶趙氏並先亡文虎前廸功郎安吉州民掾娶孫氏文龍前登仕郎娶錢今潘氏公之弟縣尉無後以嗣焉二子俱以賞延補官孫男五清之昺孫顒孫隨孫豫孫女孫六長適衛文昌曾孫應寅餘幼姪孫女越娘議盖貳卿之曾孫熾皆同里也嗣子卜甲申二月六日之吉奉公柩合葬于本縣集賢鄉六寶山之原銘曰

秀而文于以成名儉而德豈惟潤屋昔菑而種今流以蘊爾昌爾熾匪天是私嗚呼曷不慭遺兮老成六寶鬱

鬱兮將以利後人

路分訓武潘公墓誌銘

公諱得剛字知柔以可匾齋㓜敏悟業儒不效俛從右選以少傅趙公師貢戚屬奏補副尉初調江陰利城鎮酒稅歷仕至東南正將權浙西路分積官訓武郎曾大父日益祖伯涓俱抱隱德考仁進贈從義郎母康氏贈孺人稽之世譜鼻祖避石趙亂繇鄭之滎陽縣從華亭鎮鎮為邑邑為今松江府閱載千有奇而支派之演迤

未艾曾考以前名跡莫考至從義而族始著繼以路分恪承先緒克昌厥家而資業已蕃閈閎以高公明朗渾厚智識過人與世酬酢合時措之宜臨事審當然之則持已謙接物和犯而不校有古長者風儉素自勵其樂素樸而無歌舞妖冶之好珍異華靡之飾睦宗善鄰誼所當予不嗇屬方叙擾鉅費錯出他姓往往均于孀族閭里公槩取之家靡不陰蒙惠利雖紆紫束金未能免俗而恥奔競軒冕之志泊如常語人曰身猶寄耳况物

外乎達官鉅人耳熟賢譽如浙漕饒公虎臣郎曹梅公杞節度謝公奕昌剡薦者未易殫舉篤於訓子延致名儒謂非冀其媒進取徼利達俾識前言往行不踰禮義之閑而已尚釋老精廬真館宏建嚴飾而奉西方之教尤篤謂非以是規福報慕其齊物我超生死耳即其宅心著論而驗諸行事視鄉之豪右殆出乎類者也故能年躋耆艾福備嚮用詵詵四世藹藹一門感應一機之影響歟終之日若預知無大患苦命子婦及孫于前戒

之以節用而好德先一日為偈語有云明月無歸死生無絆次朝喃喃佛號澡身偏卧怡然以逝蓋亦善積理融至死不怵匪徒崇異教之驗也公生于庚申臘月晦前二日屬纊於癸未季商上澣二日壽八十有三公之儷夏氏首以資政林公壻姻黨封孺人復以特恩封安人先逝一紀子彦和前成忠郎襟度夷豁禮賢樂善人多稱之亦先公卒孺人張氏守志孫良知前保義郎初娶姜繼季卯趙令儲氏女孫四長適前從事郎司理參

軍僉兖次適前登仕郎洪文龍餘俱幼曾孫男二長國先前登仕郎娶蓋紂掾女為室次太孫曾孫女三悉童稱成忠曩需次湖汶鎮居城東別業重交義相親敬逾常儔且獲與保義服衰執祖喪哀疚若失所天從治命將以甲申元正十一日庚申奉公柩躬拾餘燼附窆于祖塋之域貽書請銘弗獲辭銘曰

冑遙遙歷千禩邑無是門峩峩自公始甲子里匪簪緌以為寶匪金玉以為美德及人儉持己身所援綿四世

富而壽多受祉沒吾寧視若蜕後其昌孫克繼

慧辯圓明悟悦大師塔銘

普照宏麗雄特甲雲間諸刹僧之户分區錯處其間而秀偉不凡者人固不乏如師悟悦蓋近世之間見者也悟悦師佛智大師處巖巖四世而上修證大師可賢賢之師智覺大師義聰俱為緇林翹楚傳衣嗣法二門獨盛師質清氣和敏慧得于天分髫齓禮佛智祝髮為教不煩克自勤勵該洽内典喜能好修後進規為表則扶

傾起隆舉寺藉為隆棟焉初智覺以賢首教名于時行業未易遽數至佛智復鏗鏗有聲著縱奪章論權實經教製模象圖釋宗因喻三十三過及倒懸解荅律宗三十七問等作以顯奥旨以警羣迷遂分座杭之崇先旋住持越廣福吳報恩繼被勅專席于上都慧因遠方學子翕至駢集鼎新藏殿有廢必舉逝之日目既瞑復起語人曰如來金相示現吾前宜務進修已而反眞聞者竦異悟悅親承密契已究海印圓宗續遊諸方參知識

問難辯議所得洪深猶日課誦華嚴潛心覃思索精致微而洞徹玄蘊人有勉其論著者則曰師言盡矣可無遯乎修證于寺之西北隅建九品懺院以處佛徒之寅夕禮誦修觀行者棟宇像設肅潔峻整淳祐戊申以勅額扁梵修而規制尚病于隘師紀綱院事嚴飭有加供膳必謹葷胾不敢入門域氷蘗自持涓塵無染遂儲積租羡益以鉢縢買院隣民居廓之創立方丈三十餘楹堂室渠渠崇深宏偉中廡翼翼巽庭碩軒敞秀石清池修

叢奇植森列映帶灑然為幽棲之勝庖湢廩廁壹皆充闕續得臨流之地屋焉而梵宇始廣而備師于所業所事可謂重規疊矩而無忝前人矣素嗜儒書博涉經史亹亹形于談辯而揮架殊夥尤於此興重加之意一吟一詠幽深玄遠有昔人所不能到者燕本越淡乎琴聰密殊乎幾無得以名之且工書法引筆行墨殆將逼真歐虞而突過懷永時娛閒于徽絃寄逸于枰楸而運軫發機俱造其奧以至考古博物有來必名人多服其精

鑒焉清致雅上濯濯乎凡植之梧竹顒顒乎衆羽之鵷鴻也豈非釋流之所罕聞而僅有歟繇是勝踐名儔騷人墨士喜與之交而克上承下遜不諂不狎昔之貴宦今之元侯每造其室至于忘去而一語不及其私然處紛擾而無侮無拂者侯崇敬之力也咸淳間柄國者有聞諭意邀致不得已一再往問所欲纖芥不以請惟薦進名衲以宏宗教叢林偉之繼而出畀省符俾世襲梵修以壽其傳亦非由謁而獲其與世接而能自立也如

此方未拓地也于院之北甃石為岸累磚為衢徑四十餘丈以便行者其後復欲于西改創津梁築堤相直以通南北之徒度才儲具將舉而弗果遂用其志于及人及物抑有可尚者焉晚年晤諸有之本空融三觀于一致尅意可槩之學使功深力到則滿載月明之詩豈專美昔之上人而遽以壽終吾見其進未見其止悲夫師諱知牘字致道悟悦其自稱族姓錢邑里雲間初賜號慧辯加紫衣以前朝應禱之沛恩也續賜號圓明以僧

統敬悅名行而頎慈命也生于嘉定己卯歸寂于至元戊寅夏五得年五十有九臘四十八孫希白嗣師領院克繩祖武動無違事且輿杠濟涉以成先志莫不美其善繼魯玄弘範德馨猶習讀闍維之次齒舌堅瑩不泯于燼或謂平素語不妄之驗視嵩明教其殆庶幾希白函灰甓石將以至元庚辰月之朔易日之甲申窆于祖塔之右來請銘予自假守歸與師交契幾二年談議賡酬聽琹玩弈情好篤密詢遁之交不啻也其亡哭之慟

復以詩文寫其悲惡得而遯遂為之銘曰

雅而文秀而實寒露清氷和風愛日于祖于師光明熙緝唫哢飛走妙墨精筆雖游于藝不流于物晩攝諸妄頓悦禪寂退焉若藏淵然以息維塔巖巖鼎分其一繼繼承承休垂罔極

欽定四庫全書

秋聲集卷六　　宋　衛宗武　撰

雜著

咏書齋記

氣之為秋也澄空無翳一碧萬里寥乎泬然猶端人神士敻出乎風塵之表而莫喻其清而遠山之為崖也巖巖倚天斷壁千尺魁乎傑然猶偉人端士獨立乎儔類之上而莫名其秀而奇劉君翔甫居十錦之鄉環屋皆

山嶄嶄崿崿斂拔圭削而其中洞豁涵灝灝無涯之境于是合而名之以秋崖而復以自名即目之所覽契心之所會表裏一致則為清遠為奇秀可知矣惟其所存若此故壹無他好而惟書是耽于其藏修之所扁以味書則夫朝吟暮誦手披目玩易之為廣大幽深詩之為溫純敦厚百篇之雅典二記之損益六典之事賅制備四書之義精理融春秋之所以謹嚴三傳之所以富而豔裁而辯清而婉研精覃思嚌嚅涵泳若太羹玄酒淡

乎自有至味以至諸子百家之純疵歷代信史之得失屈宋以來操觚弄翰之辭之雅正踳駁莫不博攷詳究沉浸醲郁若查梨橘柚之雜然各適其口及夫所得融暢于中流溢于外數而為言論為篇章滾滾乎源泉之來艷艷乎葩花之發浥浥乎膏馥之薰蒸灌注一言一詠無不自此中出則其胸中之所自得豈止芻豢之悅我哉其視王公貴人窮珍極異列五鼎費萬錢丈食日陳乎前不足辱吾之唾笑曾臭腐土苴之不若而吾之

所嗜則厭飫之而愈覺其淵然深悠然長也昔有賦恩游者云大道錄兮味琴書彼其昧熊魚之擇所樂不純固異夫翔甫之所好矣然翔甫將與此書終泯泯于此崖乎抑將出而有以用其書乎夫山之為崖豈但塊然賦之形色而已哉蒸為雲濡為雨則可使庶類被潤澤而至豐美氣之為秋豈但時其代謝而已哉零為露凝為霜則可使斂華就實而陶萬寶于有成書亦猶是也善用之而俾儒術之效行飲食日用徧為羣黎之德既

醉既飽人樂太平之時則是書之味沛為一時之膏澤靡不沾被而所謂清而遠秀而奇者不為徒美無愧乎秋崖之為名苟用之而違其方以之釣爵位媒軒冕惟勢利之是徇至便辟側媚以求合而功無以及于世德無以加于民知吾腹之可饗而不知廉恥之日餒知吾家之可肥而不知道義之日喪則是書之味不過為一己之糟粕而向之清而遠秀而奇者為汙濁為凡陋卑淺而秋崖之美號孤矣豈不有負所學歟嘗有為秋崖

之說者矣而未及乎是也余故得以伸其說而為翔甫勉

書案雲心擬斷憲司獄事稟

記曰刑者侀也一成而不變故君子盡心焉書曰服念五六日至于旬時丕蔽要囚蓋刑獄非細事也古先垂訓謹之重之雲心帳管佐部使者總臬事于一道論囚定罪至成鉅編而小大以情纖悉無差上下所服重輕適當所以悉其聰明致其忠愛諒亦至矣且用法不徒

泥法而綽乎詩書之餘味儒以飾吏固如是夫國有政刑刑以輔政官有長有屬而屬以輔長也則當平反之績侔於古人澄清之效播於右㴸民到于今稱之良以輔之者有其人也皃寛為讞掾以古義决獄而著名狄梁公以天理斷獄至萬計而無枉當無遜焉展卷不覺三歎

題畫册後

畫雖小技而宇宙間事事物物皆錯綜于胸次牢籠于

筆端遠可使近大可使小毫芒膚寸可使之廣博崇深凡雄特秀麗天下之奇觀目所不接足所不及者皆掇拾于氷紈繭素中前輩謂無聲之詩是也詩畫本一律必靈秀者後能之故昔之搢紳游于藝多以此名世近來能士絶少夏大夫珪畫院之應詔者耳而馳聲于時今觀方尺之楮幻無涯之勝扶桑之出日蜀嶺之拏雲層波浩淼猶具區彭蠡之廣飛瀑激湍有瞿塘谷簾之勢與夫柳岸花塢雪境晴林攬之皆若近在几席少陵

所謂咫尺萬里殆不是過亦奇筆也以其游戲之作姑集為稾云爾使大放所蘊淋漓毫素必又有可觀者矣使君襲藏此帙每一展玩則天地形色之妙盡得於目睫機動籟鳴發胸中之靈秀融為有聲之畫則奇偉又豈止此與流俗之披玩圖冊者異矣

跋讀書圖

世固多術業矣而莫尚乎為士為士莫先乎讀書故善畫者寓意以著其形能言者屬辭以標其目大要欲其

謹從游防沈酗戒鬬狠而終之以無怠蓋三者皆得以攻撓吾心蠹蝕吾書者也而非日孜孜則無以成為士之業觀乎此則此所摹寫豈不足以警荒嬉息忿懥絶酣飲而振偷惰歟其與區區衒丹青染毫楮以為耳目情思之玩者有間矣雖然佔畢吟誦寸陰是惜書固不可斯須廢也然經以載道子史百家以鳴道誦之而不精其義以明夫道而徒務記覽工詞藝以媒進取則莫知正心誠意為何事道德性命為何物雖多亦奚以為

當知書貴乎多讀而尤貴乎知所以讀知所以讀則不苟讀而近于道矣不然紙上陳言未必非古人糟粕而斯圖也非有得乎聲音形色之外是亦朽素誤墨耳挾策者其思勉夫

德壽頌為益行齋慶希年作

惟夫德人天格以壽壽豈爾私德惟我有百行之首莫大奉親色難志養翼翼小心時靡有愆彌久彌欽克恭克友於睦有族塤篪迭奏陽呂陰律陶冶一和祥風愛

日康以從政載于宦途謙以接物藹于里閭熈乎春和粹然玉如室而斯通剥而不耗莞簟以安室家是保俎豆莘莘鐘鼓鞺鞳考德耀既賢寧馨克肖箕裘有傳琴瑟偕老齒班洛英曰問曰壽身康以彊有積斯報未積未滋其報未央匪褭為川匪崇為岡一門之慶諸福之祥瓜瓞綿綿公侯挺生詩書流澤愈演愈長年高康老三壽作朋彼蒼祐善曷其有極應復為感循環不忒何以壽君曰攸好德

贊寄顏

貌臞而行尫氣直而行方我本平平蕩蕩人謂踽踽涼涼德何有兮涓流之潤文何有兮寸草之芳匪徒羨游汗漫而過列缺蓋直欲超太清而窮混茫必飄飄兮出蠛蠓之甕盎肯戀戀兮競雞鶩之粃糠倘一朝而聞道可千古而不亡

又後贊

絳人甲子年過其一道不加進德不加益晚歲塵垢洗

清頓識本來形色凡物逆至順應此心渾然太極雖處窮途如游化國平生好醜是非總付丹青一筆

次劉錦山和歸去來詞韻以贊其歸

問去來兮問君何月其還歸林澗久矣積愧猿鶴怨而生悲羌廣受之已邁猶流風之可追慨裴張之嗜寵知止足而則非縱琚瓊而珮玉異芰製而荷衣倘見高而識遠庶吉先於動徵甲及樅樅車馳卒奔雖有金屋不如華門所可樂者惟吾道存書左圖右土簋窪尊未抗

志於伊尹姑怡情於孔顏必義路之是遵匪仁宅而莫安嚌道德之永味透名利之上關齊得喪于一致混榮辱而並觀睎世故之紛綸類風埃之往還方黍離之傷周幸豐年之歌桓歸去來兮四十載之交遊邈千里之嵇呂判二仲之羊求悵倚蘭之同臭那諼草之忘憂偉經濟之大才固聖哲之可疇歸公有衮用汝作舟然顛頋之失類戒拂經其于丘於滔滔而中砥毋汎汎而乘流清賀監之一曲悟司空之三休已矣乎懸車告老維

其時名雖足貴毁隨之達官鄙子諒高蹈思安期有負郭之腴田宜以耘而以耔有排闥之錦嶂可或觴而或詩亟膏車而秣馬投綬歸來夫奚疑

葉通判哀辭

嗚呼知死生之故兮固莫異夫有夜有晝何芝蕙之可歎兮而蕭艾之獨茂何樗櫟之易久兮而杞梓之弗壽惟文昌之有孫兮為吾邦之翹英德之粹不瑕之古璧兮行之潔無滓之寒氷其氣温乎可即兮所立卓爾不

羣賛會府而材器頴脱兮理劇邑而盤錯刄迎班振鷺以高騫兮期翳鳳而上征胡退鷁之斜飛兮倏展驥而外更既別乗之三駕兮所至騰實而蜚聲非攬轡于一道兮亦盍戟列而香凝由當路之背公植私惠貪黠廉兮才者賢者困抑而弗伸使阨窮至病且老兮竟卷藏其奇蘊修能髮挺挺而欲立兮每為此而不平曩天畀其際逢兮忝銓闈之同登始霧披而識眉目之異兮倏天合而為肺腑之姻氣臭若金蘭之無異兮契好若魚

水之相親當遻海之汨沒兮渺莫測其涯津賴塤篪之
迭和兮義每篤于斷金借春風牙頰以汲引兮飛鶚表
而上騰一至再左推而右輓兮遂與諸彥而並升愧終
無所成名兮罔克補報其涓塵念占籍而雖同貫兮邈
地異而迹分恨履道之弗同坊兮莫親炙而親熏記司
鑰而上省闥兮獲邇典刑敘間闊而悅情話兮釀為之
傾俄如輪而如雲兮世寖殊而事殷各東馳而西騖兮
知孰死而復生曁征旆之返自鄞兮喜全璧于一門許

拔宅於我館兮舉室為之歡欣奚日征而月邁兮竟弗踐於此盟水之北有山兮架招隱之樓岑上棟下宇兮惟竢時之落成邀佚駕以來遊兮共聽鶴唳而猿吟抱此志而弗克遂兮俄聞疾起於逡巡屬去臘之上故都兮汲汲乎為人事牽於衆兮其往也不容稽程歲迫乎除兮其歸也祀典欲循念念乎一問寢食兮卒莫造夫閈閎豈料賢人之嗟兮果協乎龍蛇之辰遽飄飄其仙去兮孰克反其冰雪之魄秋水之神吁嗟吾親洵美仁

兮式如玉式如金兮文墨議論不復可覯聞兮焄蒿悽愴將何所窺尋兮一見之難為不盡吾力兮悒此恨以終其身百罹之逢顧何有吾生兮恨不相從以反其真痛德人之千古兮惟長號而淚零奠躬奠於兩楹兮寫哀悰於斯文

為丹嵓窆骨祝文

嗟嗟丹嵓士之翹楚學博行修辭藻相副於途之窮晚乃值遇契好篤密交若平素挽致閭塾冀其淑子衿漸之

摩之小大有成甫及朞年遂以疾告醫禱弗靈隨以訃報金石相期何逝之早玉宸瘞骨埀没有言生於我館死何靳焉爰卜左岡維辰之良奠酒一觴以窆之以藏用棲爾神俾後其昌傷哉二孤何恃維母母兮何依爰為擇偶月有所給以有以鞠誨以塾師庶其成立惟靈鑒之啜其有泣

奠常端明文

嗚呼凡圓形於溟涬兮等浮漚於生死前乎名世之既

往後乎方來而未已往者寥寥不可見兮猶逝川之莫回來者紛紛於目睫兮孰若皓月華星之有煒惟公克繩其祖武兮考世家則實中興御史之名宗克肆其儒業兮於先祠而襲吾郡宣公之芳趾舒翹揚英兮乃魁別省而擢巍科蜚聲騰實兮乃登華途而歷膴仕漢符方剖而司六察兮信近代之罕聞魏笏有光而擬前賢兮視先烈而愈偉嗟直道之難行兮志莫伸於權臣曾幾時而左遷兮夫豈容於易退爰予節而兼兩道兮儼

照臨於福星惟正身而肅百吏兮自澄清於淅水其論
思禁近兮則有異具臣其彌縫省闥兮則無忝宰士擬
昌黎以尹京兆兮乃力辭彈壓之尊出望之而守馮翊
兮莫不謂輔佐之器暨升資殿而次四府之聯將入廟
堂而宅百揆之位何運序兮推移俄陵谷兮易置遂與
世而相違兮傚淵明之閉關至沒齒而絕交兮為漢人
之掃軌公之德兮大圭片玉之不瑕公之行兮寒冰萬
壑之難擬文如行雲流水之閑雅兮不為時花美女之

纖妍政如熙陽瑞露之煦濡兮不為繁霜烈日之嚴厲內臺外節出藩入從之踐敭凡屢兮田惟洛陽之二頃居惟河汾之敝廬其高風廉尚之足以障頹瀾而挽薄俗兮又如此曰壽曰考而又耄兮夢奠楹而若先有知全名節而以終兮事葢棺而迄無所愧觀近世之尊崇顯貴者固繁如先生之光明俊偉者能幾其雖匯聚廬幸同州里顧以德而以年盍師從而兄事記宦轍之周流兮遂良覿於泛紅依綠之邦涉歲月其幾何兮慨俯

仰有魚龍鵬鶚之異逮跛躄之復升兮甫獲綴班於文鵷喜聲光之密邇兮豈特希榮於附驥藥石之冀其熏炙兮庶增益其未能輪雲之倏其紛綸兮竟莫酬於素志聞公兮既脱荆榛喜公兮復還桑梓念杭葦而往兮擬造請於文堂奈出門苦礙兮卒莫至乎闕里詗牘遺兮方僕夫之載馳訃書至兮歎哲人之俄逝登門墻之為日淺兮每惋恨其納交未深慕風節之與人殊兮爰愛敬之不能自已遠致求舄而寓誠、奠奉一觴而親酹兮

哀哉而靈兮鑒止

奠梵修主僧慧辯師文

夫惟天地絪緼二五妙凝鍾氣之秀為人之英超詣卓絕者固不世有高潔清粹者亦所罕聞猶嘉禾與瑞草不擇地而挺生嗟我至道擅美釋門雖僧猶士好修喜能其長篇短章奇峭婉麗疑摹倣乎燕本越淡其大書小楷端重雅健似步驟乎智永懷仁若高山流水之趣融深妙惜無昌黎之筆以寫頴師之琴好尚既雅識鑒

尤精通今博古物來則名又無遜昔人之能辨乎牛鐸勞薪能使石鼓之鳴無廢不舉無舊不新僧居佛廬絢爛嶙峋隨世酬酢則周百為而泛應曲當反視收聽則刋落萬慮悟禪悦而獨究上乘雖未能作祖成佛亦庶乎出類超羣與師為友幾二十春以道義合以氣臭親交匪膠而匪漆而相得之味如飲醴泉甘露而自覺其清醇方在疚也獲屢造乎丈室至疾革也痛莫聞求訣之音乃隨秋江泛月之圖軸後有清吟雅畫蔚然墨妙

而筆精每手披而目注增悲感而淚零惟師之靈雖没猶存吾老矣無望乎圓澤之期友人於再世而聞三生石上之吟或者冀竺師之既逝復反而勉予以精修道德而升躋神明萬事泡幻夫何足云薦芻苾以侑良希焄蒿之來歆

謄錄監生臣楊萬春

圖書在版編目（CIP）數據

秋聲集 / (宋) 衛宗武撰. —北京：中國書店，2018.2

ISBN 978-7-5149-1903-5

Ⅰ. ①秋… Ⅱ. ①衛… Ⅲ. ①中國文學－古典文學－作品綜合集－宋代 Ⅳ. ①I214.42

中國版本圖書館CIP數據核字(2017)第319294號

四庫全書·別集類

秋聲集

作　　者　宋·衛宗武撰
出版發行　中國書店
地　　址　北京市西城區琉璃廠東街一一五號
郵　　編　一〇〇〇五〇
印　　刷　山東汶上新華印刷有限公司
開　　本　730毫米×1130毫米　1/16
印　　張　24
版　　次　二〇一八年二月第一版第一次印刷
書　　號　ISBN 978-7-5149-1903-5
定　　價　八八元